光文社文庫

文庫書下ろし

ランチタイムのぶたぶた

矢崎存美《ありみ》

光　文　社

この作品は光文社文庫のために書下ろされました。

目次

寝落ちの神様

結局、一翔《かずと》は去年一年間、大学へはほとんど行っていない。

新入生だったが、友だちもできなかった。コロナ禍《か》の中、無理して遠方《えんぽう》の実家から出て、一人暮らしを始めたのに。オンライン授業ばかりなら、そのままいてもよかったのに。

実家に帰ろうかな、とも考えたが、オンライン授業のため環境《かんきょう》を整えたら、お金がなくなってしまった。アナログな実家にそんな設備《せつび》はない。そののち配送《はいそう》会社の倉庫でバイトも始めて、そのままずるずると一人暮らしをし続けている。

一応ちゃんと勉強はしているのだ。オンライン授業を受け、バイトや生活のための買い物へ行って、あとはゲーム。ひたすらゲーム。主にオンラインの対戦ゲームばかり。

友だちというか、一緒にゲームしたりチャットをする人はいるけれど、リアルではまったく遊べない。田舎《いなか》にも帰れないからそっちの友だちにも会えない。たまにメッセージを送り合うくらいだ。

時々、なんのために実家を出たのかわからなくなる。オンラインだと授業という実感が湧《わ》かないのだ。評価はつけてもらえるけれど、他人との比較《ひかく》が全然見えないから、勉強しているというか身についている実感を得られにくい。意見の違う人と気軽に話したりもできない。もちろん授業の一環としてオンラインでそういう場が設《もう》けられたりしているが、一翔はなかなかうまく発言できず、いつも物足りない気分を抱えることになる。しゃべるのが苦手《にがて》とか、コミュニケーションに問題があるとか、少なくとも高校までそんなこと意識したこともなかった。友だちやクラスメートたちとわいわいしゃべるのが楽しみだったし、シリアスな議論なども雰囲気《ふんいき》壊さずにできていたはずなのに……。

たまにこういうことをつらつら考えて、眠れなくなる。そんな時はゲームに逃げる。ヤバいのではないか、と思ったりもするが、やることは一応やってるし、酒に逃げないだけいいんじゃないかな……。そっちへ行くと本当にヤバいだろうから、手を出さないようにしている。まあ、未成年《みせいねん》なんだけどね……。

親は多分、学校にさえ行っていれば文句はないだろう。たまに電話が来るが、

「変わりない?」

「変わりないよ」

で会話は終わり。家にいてもこんなもんだろうが、とにかくゲームしてて小言《こごと》を言われないのはうれしい。実家にいた頃は、早く寝ろとか飯《めし》を食えとか、とにかくうるさかったからなあ。

ある意味、楽な日々を送ってるな、と一翔は思いながら毎日を過ごしていた。

そんなある日、アパートのチャイムが鳴《な》った。

というか、その音に起こされた。連打《れんだ》されていたらしいが、寝ていたのでわからなかった。どうもゲームをしている間に寝落《ねお》ちをしていたらしい。

何時かと思ったら、もう夜中の十二時を回っている。まずい、近所に迷惑《めいわく》をかけてしまう。

眠い目でドアを開けると、そこには誰もいない。しかし音は止《や》んだ。

「あれ……？」

いたずらか？　こんな時間にピンポンダッシュって……ひどすぎるだろ。

「岸上《きしがみ》一翔くん？」

知らないおじさんの声が聞こえた。しかも、フルネームで名前呼ばれた。その声が下の方から聞こえたものだから、無意識にうつむく。

そこには、ぬいぐるみが在《あ》った。ピンク色のぶたのぬいぐるみだ。かなり小さい。バレーボールくらい？　黒ビーズの点目《てんめ》に突き出た鼻。大きな耳の右側がそっくり返っている。

「え……？」

まさか、これがしゃべったわけではあるまい。それにしても誰がこんなところに置いたの？　と思ってたら、

「岸上一翔くんですか？」

ぬいぐるみの突き出た鼻がもくもくっと動いて、さっきと同じ声がした。

「え、う、うん……」

頭が真っ白になり、気がつくとそう言っていた。うかつに肯定《こうてい》してしまった……。

「あ、あれ？」

ぬいぐるみは一、二歩後《あと》ずさった。すごい、自立《じりつ》している。でも、なんでそんなに驚いたような声を――点目もなんだか見開いたように見えるんだけど。こっちがぬいぐるみじゃないのに！

しかし、すぐに立ち直ったのか、こう言った。

「僕は山崎《やまざき》っていいます。山崎ぶたぶたです」

なんと！　すごいぴったりな名前だけど、名乗られても困るし、声と名前が合ってない！

戸惑《とまど》って黙っていると、ぬいぐるみの目間《めかん》に微妙《びみよう》なシワが浮かんだ。なんか……けっこう表情豊かだな、とぼんやり思う。

「僕のことは聞いてません？」

濃《こ》いピンク色の布が張られた手が鼻の辺りまで上がる。それって、自分で自分を指差しているってこと？　手っていうか、ひづめ？　前足？

いやいや、それより、

「聞いてる……？」

誰に？　何を？

「あ、いいんです。聞いてなければ。失礼しました」

そう言って、ぬいぐるみはドアを自分で押して、閉めた。閉められるんだ……。

一翔はしばらくその場に立ち尽《つ》くす。ドアを見つめ続けながら。

今の時間はいったいなんだったんだ、夢だったのか。あっという間だったけれども。俺《おれ》、まだ寝てるのかな。

部屋に戻ると、ゲームはすでに選択画面に戻ってしまっていた。参加していたチームは負けてしまっていたが、チャット画面では「寝落ちか!?」とすっかりバレてしまっている。あまり寝落ちなんてしないのに……だからバレたのかもしれない。退席する時は一応言うからな。

再びログインすると、さっきも一緒に遊んでいたフレンドがボイスチャットで話しかけてくる。割とオンラインの時間帯の合う人で、ゲームの趣味《しゅみ》も近い。

「今、寝落ちしてたら、人に起こされてびっくりしたよ」

『そうなんだー』

「玄関のチャイム連打されて」

ぬいぐるみが来たと言っても、それは信じてもらえそうもないので一応「人」と言っておく。とにかく、チャイムが鳴って起こされたのは確かなようだし。もしかしたら、単なる間違いのチャイムだったのかもしれない。でも、こっちの名前、言ってたな。いや、寝ぼけただけかもしれないから……。

　そんなことを考えていたら、フレンドから、

『それは、「寝落ちの神様」だよ』

　と言われる。

「何それ」

『ゲーム中に寝落ちしていると、起こしに来てくれる神様』

　本気で言ってんのか。ちょっと便利《べんり》な神様だけど、あのぬいぐるみに「神様」というのは、なんか違う気が……。他に何かと問われると困るけど。うーん……「妖精《ようせい》」とか？「おばけ」……はちょっとかわいそう。

　別になんでもいいんだけど――考えてもそれ以上は浮かばないので、反論はしないでおく。

　そしたら、

『ていう都市伝説』

　関西弁の「知らんけど」みたいなものをくっつけられた。

『助けてもらったんだから、また会った時は優しくしてあげるといいと思うよ』

　うーん、確かにお礼も言わなかった。本当に起こしに来たかはわかんないけど。

まあ、妖精にしても神様にしても、そういうものは甘く見ない方がいいと聞いたことがある。本当は怖《こわ》いらしい。本物の神様だったらね！

そんなことがあって三日ほどたったある日のお昼。また玄関のチャイムが鳴った。今度は一翔も普通に起きていたし、オンライン授業の合間の休憩中《きゅうけいちゅう》でもあった。何も考えずにドアを開けると、またあのぬいぐるみがいた。しかも今日は、何やら大荷物を背負っていた。

「なんなの!?」

思わずそう言ってしまう。夢じゃなかったのか。けど、現実だとしても、動いてしゃべるぬいぐるみですかとすんなり受け入れられない一翔であった。

「今日はお願いがあって来ました」

一翔の混乱をよそに、ぬいぐるみは勝手に話を始める。そして、背中に背負った荷物を下ろす。

それは、フード宅配が持つみたいな四角い箱型のリュックだった。下ろすと割と小さいが、ぬいぐるみからすると巨大と言ってもいい。

ウーバーイーツを頼《たの》んだ記憶はないのだが⁉

「これは何？」

「お弁当です」

ぬいぐるみがリュックを開けると、タッパーがずらりと並んでいた。透明《とうめい》なふたなので、中身はある程度わかる。おかずとごはんが分けて入れてあるらしい。その整然とした並びに、一瞬「売りに来たのか？」と思ってしまう。

「これを食べてください」

一瞬何を言われたのかわからない。お弁当を持ってきて、いきなり「食べてください」とは？　なんで？

「俺に？」

「そうです」

改めて訊《き》くまでもなかった。どうして自分が、こんなぬいぐるみの弁当を食べなくてはならないのだろう。この弁当はどこから持ってきた？　まさかぬいぐるみが作ったの？　いやいや、それはないだろう。

買った弁当なら食べられるってわけでもないが。

「多すぎて食べられないので、助けてください」

またなんかわかんないこと言い出したぞ。

「多すぎてってどういうこと？　自分でも食べるの？」

「食べますよ。僕のお弁当ですからね」

当然みたいな声で言われる。そんな変なことを訊いたつもり、こっちには一ミリもないのだが。

「どうして俺が食べなくちゃいけないの？」

「助けてくれるんですか、くれないんですか？」

質問に質問を返すとは卑怯《ひきょう》な。

一翔はもう一度リュックをのぞきこむ。タッパーの中身は、ハンバーグ、エビフライ、玉子焼きはわかったけど、あとのはなんだ。唐揚《からあ》げとウインナーと、照《て》り照りした魚……野菜もあったけれど、茹《ゆ》でてあるやつ？　ごはんはおにぎりだけど……チャーハンのおにぎりと焼きおにぎりが──。

つい、うまそうと思ってしまう。

「……助けてやってもいいよ」

「ここで食べますか？」

「玄関で？　いや、とにかく上がって」

一翔はぬいぐるみを部屋に通した。まあ、何かあってもぬいぐるみだし。負ける気はしない。でも、重そうなリュックを普通に持っているのだ。いや、普通にじゃない。絶対に持てたらおかしい。持ってあげた方がよいのだろうか。

迷っているうちに、ぬいぐるみはさっさと部屋へ入ってしまう。そして、「よいしょ」とリュックを置くと、

「お邪魔《じゃま》します」

と言う。なんだか礼儀正しい。ぬいぐるみにしては、怪力の持ち主なんだろうか……。

「あ、けっこう片づいてますね」

いったいどういう想像をしていたんだ。こっちがぬいぐるみの妖精だか神様だかについていろいろ想像を巡《めぐ》らすように、男子大学生の一人暮らしを想像していたんだろうな。

テーブルにタッパーを並べて、割り箸《ばし》と紙皿も出す。さらに、

「お茶も持ってきました」

なんと用意がいいことに、五百mlペットボトルのお茶を二本も出した。ええ……他に

何入ってんだ、と思ったが、一応それで終わりらしい。

ぬいぐるみはタッパーのふたを開けて、

「どうぞ召《め》し上がれ」

と言う。

「いや、一緒に食べるんでしょ？」

「あ、そうだった。ではいただきます」

そうだったってなんだ――とツッコもうとしたが、器用《きよう》に割り箸を割り、玉子焼きをつまんでいるのに目が奪《うば》われて、何も言えなくなる。

黄色く巻いてある玉子焼きは、けっこう大きい。なのに、それをすごく柔《やわ》らかそうな手先で箸を持ってつまんでいる。絶対に玉子焼きより手の方が柔らかい。

で、どうすんだろう、と思ったら、その一口大《ひとくちだい》（人間にとって）の玉子焼きを、鼻の下の方にぎゅーっと押しつけた。すると玉子焼きはみるみる姿を消し、あとは頬《ほお》をもごもご動かすぬいぐるみが――。

「うん、おいしい」

どうやって味を感じるというのだろうか。食べたというか入ったものはどこに行くの？

「どうぞ。どんどん食べてください。玉子焼き甘めですけど、お口に合いますかね？」

玉子焼きに特に好《この》みはないけど……なんかあんまりにも点目で見つめられるから、食べないわけにいかないな——そう思って、一翔はまずハンバーグを箸でつまむ。思ったよりもずっと小さいひと口ハンバーグだった。

そのまま口に入れると、なんだかなつかしい味がした。昔連れてってもらった洋食屋さんのデミグラスソースを思い出す。甘いけどちょっとほろ苦くて、食べた時は驚いたものだ。苦みがどうしても気になって、以来あそこのハンバーグは食べなかったが、意外と憶《おぼ》えているものなんだなあ。大人の味なんだ。

「おにぎりもどうぞ」

紙皿に俵型《たわらがた》のおにぎりが載せられる。ごく普通の鮭《さけ》のおにぎり。でも塩気《しおけ》がきいていて、好みの味だ。

ぬいぐるみはエビフライを食べていた。さくさく音がする。タルタルソースもちゃんとついてて、本格的。

続けて唐揚げやエビフライを食べていたら、

「野菜も食べてください」

と皿に載せられる。茹で野菜かなと思ったら、なんか味ついてる。酸っぱいから、マリネってやつ？　それともピクルス？　揚げ物のあとに食べるとさっぱりする。

焼きおにぎりはやっぱりおいしい。チャーハンのおにぎりはすごく気に入った。油っぽさがなくてパラパラで、でも崩れない！　エビとチャーシューも入ってる！

いつのまにか一翔は、無言で弁当を食べ続けていた。最初はぬいぐるみがどんなふうに食べているか気になっていたのに、今は食べるのに夢中だ。みんなおいしい。自分が、すごく腹《はら》が減っていたというのもわかった。

ようやくひと息ついたが、弁当はまだたくさん残っていた。ぬいぐるみもけっこう食べているし、一翔もかなり食べたのだが、それでも量が多い。とても食べ切れない。

なんでこんな量を持ってくるんだ――っていうか、「多すぎて食べられないので、助けてください」って言ってたんだっけ。

「食べ切れないけど、どうするの？」

三分の一くらいは残っている。

「残った分はあとで食べてください」

「え？」

ぬいぐるみは、リュックのサイドポケットから紙を取り出し、手早く広げ始めた。そんなものまで用意してたのか。紙の箱を作ったぬいぐるみは、レストランの持ち帰りみたいに残り物を移した。なんだか手慣《てな》れているし、しかも売っている弁当みたいにきれいに詰めている。

「冷蔵庫に入れとけば少し保《も》ちますけど、できれば今日のうちに食べてください」

ずいっと顔（というか鼻）を近づけて、そんなことを言う。近い近い。こんなに近くても点目は小さい。

「……わかった」

「絶対に今日食べ切るように」

思いの外《ほか》きつく言われてしまう。とにかくぬいぐるみなので、あまり怖くはないのだが、なぜか叱《しか》られている感は強い。

「では、もう帰りますね。お邪魔しました」

ぬいぐるみは空になったリュックを背負って、玄関へ向かう。一応お見送りを……。

「あ、困った時はこのメモを見てください」

ドアを開けて外に出る寸前、そんなことを言われた。手渡されたメモへ視線を落としているうちに、もうぬいぐるみはいなくなっていた。外を見ても、もう姿形もない。ここは二階だが、下を歩いている姿も見つけられない。

「困った時はこのメモを」なんて、どれだけ重要なものなのか、と思ってよく読んだら、弁当のあっため方が書いてあった。店か。

「冷《さ》めてもおいしいので、あっためなくてもいいけど」

とも書いてあったが、電子レンジくらいはうちにだってあるのだ。

一翔は言われたとおり、その日の夜、残った弁当を食べ切った。あっためるのは少しめんどくさかったが、昼間もそこそこ冷めていたので、味変《あじへん》みたいな気分でやってみた。あったかくてもうまかった。

ちゃんと食べた、ということをぬいぐるみに言いたくなったが、もちろん連絡方法はない。何しろあれは、寝落ちの神様だから。それが弁当を持ってくる理屈《りくつ》はよくわかんないけど。

それからぬいぐるみは、たまにうちへやってくるようになった。

ゲームのフレンドの、

『助けてもらったんだから、また会った時は優しくしてあげるといいと思うよ』

という言葉どおり、いつも彼は「助けてください」と言ってやってくるのだ。つけ込まれているのかもしれない。

しかし、食べ物以外の頼みはない。たいてい、というか、百パーセント、

「食べ切れないから一緒に食べて」

そう言って昼にやってくるのだ。

もしかして留守《るす》の時も来ているのかな、と思わないでもない。たまにドアにビニール袋がぶら下がっている時があるのだ。どこで買ってくるのか、うまそうな焼き菓子が入っている。クッキーとかマドレーヌみたいなやつとか。よくわかんないけど、食べると甘くておいしいお菓子が。

「牛乳で食べるのが好きです」

添《そ》えてあるメモにそんなことが書いてあると、つい真似《まね》したくなる。実際においしい。飲み物みたいに食える。

しかし一翔が家にいる場合は、例外なく昼飯類を持ってくる。

手作りの弁当っぽいものだけじゃなく、ファストフードだったり、あるいはほか弁や牛丼だったり、お惣菜《そうざい》とおにぎりだったり、舌を嚙《か》みそうな名前のパンだったり、コンビニ飯《めし》だったり。とにかくいろいろだ。

一緒に食べている間、ぬいぐるみは必ずうんちくを傾ける。冷めたらこうやってあっためろとか、コンビニ食で栄養バランスを取る方法とか、塩分の減らし方とか、簡単な料理のレシピとか。

たとえこっちに興味がなくとも、話ができるのはありがたい。大学には友だちはいないし、バイトは目が回るほど忙しい。バイト先ではもちろんマスクをつけて、最低限のことしかしゃべれない。いやな人はいないけれど、親しくなることもできないし、飲み会なんかできるはずもないので、他愛《たわい》ないことを話す相手が身近に本当にいないのだ。

ぬいぐるみなのか神様なのか妖精だかなんなのかわからないけど、彼はどうも感染とかあまり関係ないらしい。ただたまにマスクをしている時もある。「見た目の問題で、自分にはあまり意味ない」と言っていたが。

そんなおしゃべりをしているうちに、おいしいお菓子はなんと、彼が作ったものだと判明した。てっきり店で買ってきたのだとばかり。

まさか、他の料理も⁉　最初の弁当とかも？

「まあ、一応は、そうです」

その頃には、多分そうだろうな、と薄々勘《うすうすかん》づいていた。信じられないことだけれど、このぬいぐるみは料理がうまい。誰かが作っているのでは、とも思ったが、他に誰が、と考えると浮かばないし、何より食べたことがあまりないほどおいしいのだ。プロ級《きゅう》と言っていいだろう。

「店出せるんじゃね？」

「いやあ、店をやるのはなかなかね……」

そんなことをしみじみとした感じで言う。

「今、食べ物屋さんは大変だから」

その言葉の裏側に、いろいろな感情が渦巻《うずま》いている気がした。ただのぬいぐるみなのに。ぬいぐるみが食べ物屋さんのことなんか、知っているとは思えないのに。

いや、知っているのかな。だってこんなに料理が上手なんだし。

「ぶたぶたが店出したら、食べに行くよ」

そう一翔が言うと、ぬいぐるみはびっくりしたように顔（鼻？）を上げた。「ぶたぶ

うか。

た」って呼んだのは初めてかもしれない。

「ありがとう」

ぶたぶたは、そう言った。ちょっとうれしそうだと感じたけれど、当たっていただろうか。


母親から電話がかかってくる。

一週間に一度くらいは話すけれども、毎週内容は変わりない。生存確認みたいなものだ。

母親には持病《じびょう》があるので、それもあって実家に帰るのは躊躇《ちゅうちょ》してしまう。寂《さび》しいという気持ちも最初のうちはあったが、今はだいぶ慣れた。というか、慣れないといけないんだろうな。

今日も「元気?」「元気だよ」で終わりかと思ったが、ちょっと違った。

「あのねー、お母さん、スマホにしたんだよ」

「ええっ⁉」

機械オンチの母親が! テレビの録画《ろくが》予約も自分にやらせていたのに。

「使いこなせるの!?」

「失礼ねー、ちゃんと店員さんに教わったよ」

なんかそういう講座《こうざ》があるらしいけど……。

「テレビ電話なんかもできるらしいじゃない？」

テレビ電話――ビデオ通話のことか。

「お母さん、練習したいの。相手してよ」

「えー、親父《おやじ》とやればいいじゃん」

父親は単身赴任中《たんしんふにんちゅう》だから、一翔と同じ状況ではないか。

「お父さん、スマホ持ってるけどよくわかんないって」

両親ともに機械オンチだった……。

「次の電話はテレビ電話にしよう。アカウント教えて」

やたらアカウントアカウントとくり返す。初めて知った単語、使いたいんだな。

しつこいので、言われたとおり教える。とても喜んでいるようで、ちょっとびっくりする。

母親も寂しいのだろうか。病気のこともあるので、フルタイムでは働けないし、今は外にも働きに出られない。父親の単身赴任も長く、この状況ではなかなか帰れないらしい。

地元の大学に進学すれば、家にもいられたのかな。けれど、希望の学部が地元にはなく、運よく入れた公立《こうりつ》大学は遠方だった。私大《しだい》に入って実家で暮らしたら、結局金銭的には同じだったかもしれないが、その時はこんなふうになるとは思わなかったもんなあ。

一週間後に、母からビデオ通話で電話がかかってきた。

「元気そうだね」

「まあね」

ぬいぐるみから二、三日に一度たっぷり食べさせられている。

「ちゃんと食べてる?」

考えを読まれたようなこと訊かれて、ちょっとドキッとする。

「食べてるよ」

「あんたは根《こん》を詰《つ》めるタイプだから、気をつけなさい」

実家を出てから、何度も同じことを言われている。一翔としては、自分にそんな根気はないように思う。真面目《まじめ》だと友だちに言われたことはあるが、そんなに熱意のある方ではないのだ。

「でも、ちゃんと食べてるんだね。顔見て、ちょっと安心したわ」

そんなことを言われる。

ふと、ぶたぶたのことを話してみようか、と思うが……うーん、あれは正確に伝えても、というより、正確であればあるほど、信じてもらえない気がする。ある日ぶたのぬいぐるみが家にやってきて、おいしいお弁当を差し入れしてくれる——ほぼ絵本の世界だな。

「そっちでやっていけそう？　大学はどう？」

そんなことも久しぶりに訊かれた気がした。

「うん、なんとか」

相変わらずこっちの友だちはいないけれど、大学に行く機会も増えてきた。そうなるとだいぶ気分が変わる。またオンラインになることもあるだろうが、その時はその時。そのうち友だちもできるかもしれないし、友だちも焦《あせ》って作らなくてもいいのかな、と思えるようになってきた。

これも、ぶたぶたとずっとしゃべっていたからだろうか。何も気にせずしゃべれる

――それだけのことがけっこう楽しいなんて、こんな状況下にならないとわからなかった。

もしかしてずっとこのまま一緒に昼を食べるのだろうか。就職《しゅうしょく》して、毎日出勤《しゅっきん》するようになったらどうするんだろう、と思っていたらば――。

「もう来られなくなります」

いつものようにお昼を食べながら、ぶたぶたが言った。まるで「明日はハンバーグです」みたいに。

それを聞いて、一翔は思わぬショックを受ける。初めて会ってからどのくらいたったんだろう、と思ったら、まだ三ヶ月くらいだった。ずいぶんと長く感じたのだが。

「どうして……？」

邪険《じゃけん》にしていた自覚《じかく》はあったくせに、いざとなるとこんなことしか言えない。我《われ》ながらヘタレだ。

「もう大丈夫かなって思いまして」

「何が？」

そんな質問しかできない。

「一翔くん、毎日ちゃんとごはんを食べているようだし」

「へ？」

そういえば——この間、バイト先の先輩《せんぱい》にこんなことを突然言われた。

「最近、元気そうだね」

え、元気そう？　自分ではずっと元気だと思ってたんだけど、と首を傾《かし》げてしまっていたのだ。

「どういうことなの？」

先輩にたずねなかったことをぶたぶたに訊いてもしょうがないと思いつつもたずねてしまう。

「いや、一人暮らしはねえ、やっぱり栄養バランスなんかも偏《かたよ》ること多いから」

確かに一翔は料理がほとんどできないし（ぶたぶたに教わってちょっとだけできるようになった）、何を食べるかなんて母まかせだったし、外食《がいしょく》も好きなものを食べるだけだった。コンビニで何か買うにしても、まさに適当《てきとう》に目についたものばかり。でも、最近はちゃんと選んでいる。野菜を取れとぶたぶたから何度も言われているのが、どうも耳に残って。

「自分へのケアっていうのを身につけるのは、けっこう大変なんだよね」

自分へのケア――それを聞いて、なんとなく納得してしまった。一人暮らしにあこがれてきたのだけれど、一人になれば自分で全部しなくてはならないと気づいたのは、当たり前だが一人暮らしを始めてからだった。だいたい何をすればいいのか、ちゃんとできているのかもわからない。他人の目がないから。自分さえよければいいと考えていると、自分をいたわってなくてもそれでいいと思い込んでしまう。

自分をケアしなくてはならないなんて、考えたこともなかったもんな。勉強しているし、バイトもしているから、やることやってて充分すぎるだろ、と思っていた。

「一翔くんはもう大丈夫なので、これからお邪魔するのはやめますね。今まで一緒にごはん食べてくれてありがとう」

そんなことないよ、と言いそうになって、少しうろたえる。また来てよ、と言いたくてもなぜか言えなかった。

「それじゃ、失礼します」

そう言って、ぶたぶたは普段と変わらない様子で部屋を出ていった。

最初に会った時みたいに、いつまでも玄関を見つめ続けた。なんだか急に部屋が静かになった気がした。別に一緒にいても、ずっとしゃべってたわけじゃなかったのに。いつも二人でひっそりとごはんを食べていただけなのに。

なんでこんなに寂しいのだろう。

やっぱりあのぬいぐるみは、神様だったのだろうか。


次の日、思い切ってバイトの先輩にたずねてみた。外で休憩しているところを見かけたので。

「この間、俺のこと『元気そうだね』って言ってくれてましたけど――」

そのあと「それってどういう意味ですか？」と続けようと思っていたのだが、はっと気づく。

「――もしかして俺って元気なかったですか？」

先輩は少し考えたのち、こう言った。

「うん、そうだね。なかったっていうか、元がどうだったのかっていうのはよくわかんないけど、すんごいやせてたっていうか、やつれた感じだったからね」

「やせてた……？」

「ダイエットでもしてたの？」

「いえ……」

高校の頃の自分は太っていた。それはわかっていたし、ちょっと気にもしていた。確かに少しやせたかもしれない。そんなに食欲がなかったから。だが、そんなに「やつれた」と言われるほどやせていたとは思ってもいなかった。

「最初ここに来た時と比《くら》べると、みるみるやせていったから、ちょっとびっくりしてね」

「そうだったんですか」

「あれ、もしかして自分で気づいてなかったの？」

「……そうかもしれないです」

「でも、最近は飯をちゃんと食べてるし、頬もふっくらしてきたよね。よかったよ、元気になってきて。大学生でしょ？　やっぱこのご時世《じせい》のストレスのせいかな」

「……多分」

「これからも気をつけなよ」

「ありがとうございます」

一翔は先輩に頭を下げた。

バイトが終わり、着替えている時、改めて鏡《かがみ》を見てみた。確かに高校時代と比べるとやせている。高校の同級生たちは、かなりぽっちゃりした印象を一翔に持っているだろう。しかし、今はかなりの細面《ほそおもて》だ。会ってわかってくれるだろうか。

やせている自覚がなかった、ということに、一翔はショックを受けていた。ぶたぶたが言っていた「自分へのケア」という言葉を思い出す。自身の姿ですら、ちゃんと見えていなかったのだ。

それがわかった上で、ぶたぶたにちゃんとお礼を言えばよかった、と後悔《こうかい》をした。ぶたぶたは、やせた一翔を心配してくれたのか？　神様だから、それがわかったの？

そんなことってあるんだろうか。

その夜、母から電話がかかってきた。もちろんビデオ通話で。

最近、メッセージアプリを入れたとかで、やたらとメッセが来るようになったが、今日は全部既読《きどく》スルーしていた。

「なんで返事しないのー」

いや、そういうの身内から言われてもな、と思ったりしたが、やはり母も心配して電話やメッセをくれるのだし――と思い直す。

「何かあったの？」

「いや――」

別に、と言おうとして、

「ちょっと……落ち込むことがあって」

「何？　バイトでとか？」

「違うよ。えーと……」

なんと言えば、と悩《なや》んで、

「最近までよく会ってた人と会えなくなって……」

と言ってから、これは……単なる恋《こい》バナに聞こえる、と焦る。母はそういうのがけっこう好きで、中学の頃にやたら囃《はや》されて、大ゲンカになったことがある。

「……そうなの？」

しかし、母は食いつかない。昔の教訓《きょうくん》が生きてる？

「うん」

とはいえ、一翔もうまくしゃべれない。友だちとの楽しい話や活発な議論とは違うものらしい。悩みや深刻《しんこく》な問題を、気を遣いながら話したり聞いたりするというのにも、スキルが必要なのかも、と思う。自分をケアするのと同じくらい、知識がない。

「その人とまた会いたいの？」

「うん……そうだね」

寂しい、とは言えなかった。それを口にしたら、母親に対してもそう言ってしまいそうで。言ってもいいんだろうけれど、恥《は》ずかしい。

「どんな人？」

「人って……人……」

人じゃないんだけどな、とふと我に返る。そんなこと話したら、母からなんと言われるか。実家に連れ戻されるかなあ。

それはそれでいいのかもしれないし、このままこっちでがんばってもいいのかもしれない。うーん……どっちだろうか。

「なんだかわけがわかんないなあ」

心からの声が、漏《も》れてしまった。

「その人と食べるごはんは、うまかったんだよなあ……」

「一翔……」

母は何か言いたそうだったが、結局何も言わず、電話は終わった。


次の日のお昼。だいたいいつもなら、ぶたぶたが来る頃。

電話がかかってきた。母親からだ。昨日の今日とは珍《めずら》しい。今日はバイトも休みで
ヒマなので、ゲームしようかと思っていたのだが。

『一翔、今から人が来るよ』

何を言われたのかわからない。予定があるのに電話してきたの？

すると、玄関のチャイムが鳴った。お、なんだろうか？　うちにもお客さんが？

「ちょっと待って、こっちにも人が来た」

『そうなの。だから、電話したまま出て』

「え？」

『このまま出ればいいんだよ』

首を傾げながらドアを開けると、そこにはビニール袋《ぶくろ》に包まれた何かを持っているぶたぶたが立っていた。

「えっ⁉」

ぶたぶたはぺこりと頭を下げる。

「こんにちは、一翔くん」

『一翔、ごめんね』

何がなんだかわからず、電話とぶたぶたを見比べる。

「と、とにかく入って」

「すみません」

そう言いながらぶたぶたは入ってくる。

「これ、おみやげ」

と渡されたビニール袋は、ほんのり温かかった。なんだか大きなお弁当……。

「え、で、どういうことなの？」

ますます混乱する。どういう状況？　母親との電話はスピーカーにしてあるが、「ごめん」と謝《あやま》ったきり、黙っている。

そんな中、ぶたぶたが口火《くちび》を切った。

「あの〜、最初にここに来た時、実はお母さんに頼まれたんですよ」

「ええっ⁉　なんで⁉」

だってあの時は、ゲーム中に居眠りをして……そんなことを母親が知るはずないのに。

それとも何か感じ取ったとか？　あるいは別件で、ただの偶然？

「起こしに来てくれたわけじゃなかったの？」

寝落ちの神様って言ってたけど。

「いえ、起こしに行ったんです」

「『起こしてくれ』って母さんから頼まれたの？」

「そういうことです」

聞けば聞くほどわからなくなる。

「なんで俺が寝てたって母さんが知ってたわけ？」

『それはね……お母さん、ゲームのフレンドだったから』

「……は？」

妙《みょう》な声が出た。

「ぶたぶたがゲームのフレンドだったってこと？」

それならわかる。

「いえ、僕はオンラインゲームはしてなくて」

『やってたのはお母さんだよ』

「そんなはずないだろ？」

母親は機械オンチのはず。スマホにしたのもついこないだではないか。家でゲームしてるところなんて見たことないし、パソコンだって、使う時はいつも一翔にやらせていた。

『いや、一人で家にいたらヒマすぎて……ずっとやめてたゲームまた始めて』

「やめてた!?　え、じゃあネット環境も整えたの？」

『うん』

なら実家に帰ってもよかったのでは。うーん、でも……なんか家で母とゲームをやるのはどうなのかな？

『やるといろいろのめりこんじゃうから、ゲームは妊娠《にんしん》してからきっぱりやめてたんだよ』

「え、まさか……なんて名前⁉」

母が名乗ったハンドルネームに、一翔は驚愕《きょうがく》する。一番よく遊ぶフレンドだった……。しかもチーム戦ではすごく頼りになる人で、声はボイスチェンジャーを使ってたが、てっきり年上の男の人だとばかり……。

ゲームについてのことしかしゃべってないはずなのだが、とにかく恥ずかしかった。

「明日一緒に遊びましょう」みたいなメッセを母親に送っていたのか、と思うとなんだかムズムズしてくる。もうこれ以上は考えたくない。

ていうか、「寝落ちの神様」の言い出しっぺじゃないか！

『一翔がやってるのを見て、ずっと面白《おもしろ》そうだなーって思ってたんだよね』

へへへ、と母が変な声で笑う。

『ちなみに、ぶたぶたさんは昔のチャット仲間ね』

「知り合ったのはネットの掲示板《けいじばん》ですけど」

「なんの⁉　やっぱゲーム⁉」

「育児《いくじ》関係の」

え……頭がまるっきりついていかない。なんでぬいぐるみなのに育児？　いや、ぬいぐるみだから、なのか？　なんかこう……別の意味でプロなの？

『ぶたぶたさんが「寝落ちの神様」って言われてたのは本当だよ。昔、寝落ちした人の家に行って起こしたことがあったの』

「たまたま住所知ってただけで、しかも一回きりなんですけどね」

そんな思い出話、知らんわ……。

『あの晩、なんかいやな予感がしてさあ』

母が続ける。

『本当は自分が行くべきなんだろうけど、ぶたぶたさんにあんたを見に行ってもらったの。実は近くに住んでるから』

「そうなの？」

「歩いて十五分くらいのところに住んでます」

「だからってあんな夜中に――悪いじゃん！」

「いやいや、行ってよかったですよ。お母さんの勘は当たってました。一翔くんの写真はお母さんに見せてもらってましたけど、最初にここに来た時、あまりの面変わりにかなり驚きましたよ」

「おもがわり……？」

聞いたことのない言葉。

「顔つきというか、やせて頬がコケてしまってたんですよ」

バイトの先輩と同じことを言われる。

「あまりにも驚いたんで、お母さんに連絡したんです」

『それで、申《もう》し訳《わけ》ないけど、ごはんを差し入れてくれって頼んだの。行ける時でいいからって』

「そんな……」

『ちゃんと！　お仕事として頼んだんだよ！　ぶたぶたさんはプロだから』

プロ。やはりプロなのか。でもなんのプロ？

「実は飲食店をやってて……」

「ええっ⁉」

今までで一番驚いたかもしれない。

「まあ、今は休業中なんですけど」

ぶたぶたがしょぼんとした顔になった。ああ、そうか。こんな状況だから。

「でも、自分のお昼も兼《か》ねてましたからね。いつも同じだと自分も飽《あ》きるので、いろいろ取りそろえて持ってきましたけど」

なんか驚きすぎて疲《つか》れてきたぞ。

「いっぱい食べてくれて、うれしかったです。昼を外で食べないといけなくて悩んだ時期もあったので、ここで食べられてありがたかったし。だましたみたいになって申し訳なかったですけど」

「それは……別にいいよ」

だまされたとは思っていない。いや、落ち着いたらそう感じるんだろうか。だが、ぶたぶたは母の友だちというだけで、一翔にはなんの関係もないのに、何日もここに来て、おいしいお昼を食べさせてくれた。お金は母から出ていたんだろうけど、それだって作ったり、買ったりしてくれたのは彼だ。

『体重も戻ってきて、よかった』

母は、一翔の顔が見たくてスマホにしたのかもしれない。

「ごめん、ありがと。やせてた自覚、なかったよ、俺」

意外と見てくれている人っているんだって思った。自分のこともそうだけど、母の正体も、もうちょっとちゃんと見ていればわかったのかもしれない。でもやっぱ、一緒にゲームやるのはなんだか恥ずかしいな……。だって母の方がずっとうまいんだもん。

「また来ればいいじゃん」

一翔はぶたぶたに言う。

「お昼、ここで食べればいいよ」

連絡も直接すれば楽だ。

「そうですか？　甘えてしまってもいいんでしょうかね？」

母に許可を取るように、ぶたぶたは言う。

『一翔の友だちになってあげて』

母が言う。こっちに来て初めての友だちか。ぬいぐるみで、まだ謎《なぞ》が多いけれども、話してて楽しい人だ。

「じゃあ、今日のお弁当を食べましょうか。ちょっと奮発《ふんぱつ》しました」

ぶたぶたがいそいそとビニール袋から取り出したのは、大きなハンバーグの弁当だった。

『あー、それおいしいやつ……！』

母がうらやましそうな声を出す。

『テレビで紹介されてた駅ナカのやつ……。いつかそっちに行った時、帰りの新幹線《しんかんせん》で食べてやる』

「来てもいないのに帰ることもう考えてるのかよ」

『いつか絶対行ってやる』

自分もちゃんと帰りたい。一翔はそう強く願った。

ぶたにくざんまい

ランチタイム。

心躍《おど》る言葉だ。

いつから夕食よりも、昼食の方を楽しみにするようになった。

健康のため、というのもあるかもしれない。夜ドカ食いするより、昼にしっかり食べた方がいいというではないか（もちろん、朝もちゃんと食べて、だが）。ランチなら心置きなく好きなものが食べられる、というなら、何を食べようかと考えるだけでも楽しくなる。

自作の弁当やコンビニ飯、テイクアウトも利用するが、とにかく会社の近所での外食はバラエティに富《と》んでいた。おいしい店が多く、ヘルシーなものからガッツリ系まで、気分で選んではずれなしというランチタイムを長年送っていた。

しかし、突然そんな毎日が断ち切られた――。

そんなことを柚子《ゆずこ》は、台所に立ってぼんやり思う。

最近はほとんどリモートワークだ。会社に行くことも少ないので、昼は家で食べる。今日のメニューは何にしようか、と思っても、ぼんやりしたまま、柚子は動けない。冷蔵庫に何が入っているのかわかっているし、作れるものも浮かぶ。でも、食材を出して、洗ったり切ったりという動作を想像するとため息が出てくる。簡単なものにしようか、と思っても、食欲自体あまりないことに気づく。

疲れているのかもしれない。家にいても仕事はしているのだし。適度《てきど》に休憩しているし、会社ではできない息抜きもできるのだが、効率《こうりつ》がいいか悪いかはよくわからない。家でも会社でも、かかるストレスは変わらない気がする。かかるところが違うだけで。

じゃあ、今日は外食にしようかな。

そんなことも浮かぶわけだが、それでも気分は上がらない。

だって……最近うちの近所って、いいお店ないんだもん……。

そう思って、またため息を漏らす。

柚子の住んでいる街は下町《したまち》なのだが、後継者《こうけいしゃ》不足や店主の高齢化《こうれいか》などで古くからある飲食店が次々と閉店してしまっていた。新しい店はチェーン店か、夜しか営業しない飲み屋的な店ばかりで、昼間気軽に食べられるところがどんどん減っているのだ。

ちょっと前までは安くておいしい店が多かったのに。けどそれも、高齢の店主たちの努力があったから、なんだよなあ。同じような営業を新規《しんき》でやれるかっていうと、今時はそんな簡単なものではない。

新規開店がないわけではないが、行ってみるとなんとなく「違う」と思ってしまうのは、自分がぜいたくだからなのだろうか。ちょっと高くてもいい。ただおいしくて居心地がよい店で、ささっと食べて帰りたいだけなのだが……。

カフェのおしゃれ飯みたいなのでもいいのになあ……そういうのもないんだよな。お菓子系のおいしいカフェは増えているけど、食事系はほとんどなく、街全体が高齢化している地域なので、ガッツリ食べられるところもない。別にたくさん食べたいってわけでもないが、なんとなく物足りない。

それに、このコロナ禍では外食自体、遠慮がちになってしまう。家で仕事をしていると、外食の必要性もないし、そうなるとますます出かけるのが億劫《おっくう》になる。

料理はそれほど苦《く》ではない。しかし、ずっと家にいて、限られたメニュー（買った食材は使い切りたいので）ばかりを食べていると、やはり人が作ったものが食べたくなってくる。最近はもろもろ飽きてきて、買ってきた食材に、これは料理なのかと疑問に思うくらいほとんど手をかけずに食べているのだ。

　すっかりごはんを作る気が失《う》せてしまった。しばらく机《つくえ》の前で仕事の真似事をしていたが、むりやり立ち上がり、出かける準備をして外へ出る。とりあえず散歩でもして、何か買って家で食べようか。コンビニのごはんも嫌いじゃない。でも、塩分多いのよね。

　この街には元々実家があったのだが、現在父母は郊外《こうがい》に引っ越している。一人暮らしをする際、交通の便《べん》のいいこの街から離れられなかったけれど、家賃《やちん》の関係で駅から少し遠い地域に住んでいる。通勤していた頃はこの選択をちょっと後悔したが、緑も多く静かなところなので、今はかえってよかったと思っている。以前の実家は再開発が進んでいる駅の反対側にあって、親戚《しんせき》が今も何人かそこら辺に住んでいる。このご時世はなかなか行き来はできないけど。

　人通りがほとんどない坂道を登る。これはコロナ禍だからではなく、かなり前からだ。ただ、この辺も新しいマンション建設や団地の建て替えは進んでいて、意外な場所にチェーン店ではない新しい店ができていたりする。それを見つけようかと柚子は思っていた。

　最近、この街も変わってきた。高齢化が進めば、次は住民の入れ替えだ。この人通りを見るととても信じられないし、実感も湧かないけれど、あと数年でガラリと変わるんだろう。

　それはやはり、いい面と悪い面がある。古いものはどんどんなくなって、街は活性化《かっせいか》するかもしれないが、それを寂しいと思う気持ちもある。柚子はアラサーで、若くも年寄りでもないが、子供の頃の風景が変わるのを受け入れるのには少し時間がかかりそう。

　街はどんどん変わっていくのに、自分はちっとも変わらないなあ、などと妙に感傷《かんしょう》的《てき》になる。平穏《へいおん》とも言えるのだが、このままでいいのか、という焦りもある。リモートワークばかりだと人とも会わないから、余計にそんなふうに思ってしまうような気がするのだ。この先自分も変わっていくのだろうけれど、どんなふうに変わるか想像していると、なんだか怖くなってくる。そんなに明るいこと、考えられるような状態じゃないし……。

　散歩しても気が晴れないなあ……。坂が余計《よけい》にきつく感じてきた。新しい店もないようだし。駅前に戻って、パンでも買うか――と思ったその時。

　前方の道の端《はし》をピンク色のものが動いている。ん？　猫？　でもあんな色のは見たことないし……ミニブタかな？

こちらの方が歩調《ほちょう》が速いので、すぐにそれの正体はわかった。ただ、わかった瞬間、柚子は立ち止まってしまった。

どう見てもぬいぐるみだ。バレーボールくらいの大きさのぬいぐるみが自立して、ちょこちょこと歩いている。後ろ姿なのだが、耳の形とくるりと結《むす》ばったしっぽから、どうもぶたのぬいぐるみではないか。

柚子はあたりを見回す。誰もいなかった。たいていこの時間、人は少ないけれど、それを不安に思うことはなかった。つまり、他に見ている人がいないということだ。

ということは……夢かな？　それとも幻覚《げんかく》でも見ているのか。

こういう時どんなことすればいいのかな。頰をつねる？　頭を振ったり、目をゴシゴシこすったり。うーん、気持ちはわかるが、特にそんなことしようとは思わないなあ。

……なんだか意外に冷静な自分に驚く。人が周りにいないからこそ、だろうか。何をしても同意や否定をしてくれるわけでなし。

それより、柚子はちょっとわくわくしていた。こういう場合、たいていついていくと思いがけないことが起こる。それが物語の定石《じょうせき》だ。

……物語？　物語なの？　ここは物語の世界なの？

柚子は、ぬいぐるみ以外に何か変わったことはないかと周囲を見回す。――なんかちょっと雲が厚くなってきた。傘持ってきてないのに。

こういう思考は、物語とか夢とかにはそぐわない気がするが……まあ、いいか。ヒマだし、柚子はぬいぐるみについていくことにした。

それにしても人がいない。通りがかった人の反応も見たいのに、そんな都合よくはいかない。

この人通りのなさは、寒いのと天気の悪さが関係しているかもしれない。雪が今にも降りそうだから。あ、今スーパー行ったらすいてるかな。開店してすぐは、たいていめっちゃ混むが、天気が悪いと人が少ないのだ――。

どうしてこう現実的なことばかり考えてしまうのか。それが逆に夢っぽくておかしいところかもしれない。わかんないけど。

などととりとめなく考えながら歩いていく。バレーボールくらいのぬいぐるみの歩みに迷いはない。耳をゆらゆら揺《ゆ》らしながら、歩いている。右耳、ちょっと後ろに曲がってるな。桜色《さくらいろ》の足先には、濃いピンク色の布が張ってあるが、あれは靴《くつ》？　それともひづめ？　でも、手にも張ってある。すごくぬいぐるみっぽい。

ぬいぐるみはどんどん坂を上がり、住宅街の中に入っていく。ここら辺は坂が多く、いったん上がりきったと思うとまた細かい坂が現れる。こんなふうに毎日坂を登っていれば、いい運動にもなるのだが、なかなか習慣づかない。

坂道沿《ぞ》いや高台には凝《こ》った造りの家が多い。高級住宅地とまではいかないが、古い大きな家や、蔦《つた》や木や花に覆《おお》われ鬱蒼《うっそう》とした敷地《しきち》もあり、駅前の周辺とはまったく違う。こんなふうに観察してこの辺を歩いたことは、なかったな。

あまり行かない道を歩いているような気分になってきた。ありふれたところからふと異世界《いせかい》へ、というのは児童文学にもよくある話だ。どこかへ導《みちび》かれている気分になってきた。まさか、あとを尾《つ》けていることに気づいてる？　それを承知で誘《さそ》っているとしたら、どうしよう。きっとそこは、自分の想像も及ばないところに違いない……。

ぬいぐるみがふいに立ち止まった。ゆっくりと横を向き、民家《みんか》を見上げる。そして、おもむろに入っていった。

柚子はあわててその家の前に急ぐ。

そこは民家というか——古ぼけたモルタル壁にすりガラスのサッシの引き戸、そして全体的に四角い造りが、何かの事務所を思わせる。窓にスローガン書いたポスターが貼ってあってもおかしくないような。表札も出ていない。気軽に入れる雰囲気は皆無《かいむ》だ。歩く小さなぬいぐるみなんだから、普通はもっとファンタジックなところへ入るべきではないか？　古い洋館《ようかん》……はさすがに見かけなかったけど、ボロい日本家屋ならあったぞ。あまりファンタジックじゃないけど。だが、こんな開けたら強面《こわもて》のおじさんが出てきそうな建物よりはよくない？

と、なんだか想像が斜《なな》め上に行ってしまっている。それより、あのぬいぐるみ、この重そうな引き戸をどうやって開けたのだろうか。見た目よりも軽いの？

ちょっと近づいて見てみたら、少しだけ開いていた。換気《かんき》のためだな。なあんだ、ここから入ったのか。……かなり狭いけど。ぬいぐるみだから、ぎゅーっと細くなって入ったのかな。それともやっぱり開けて入った？　……どう見ても開けられる軽さはない。古い建物みたいだしなあ。

その時、何気なく脇を見て驚く。小さい「準備中」という木の丸い看板がぶら下がっていたのだ。

お店？　なんの？

看板をよく見ると、「準備中」の下にさらに小さく「ぶたにくざんまい」と書いてあった。柚子は固まる。

ぶ、ぶたにくざんまい……⁉

ちょっと冗談《じょうだん》が過ぎやしないか。そこへぶたのぬいぐるみが入っていくなんて‼

いや、「ぶたにくざんまい」と書いてあるけど、食べ物屋さんであるとは限らないし——と思う柚子の目に、営業時間とおぼしき表記と、フォークとナイフの絵文字が入ってくる。

そうは言っても、店の中に入ったかどうかはまだわからないし——と思ったけど、残念ながら自分はしっかり目撃《もくげき》している。中では何が行われているの？

——って、こういうのってなんだっけ、「シュレディンガーの猫」とかいうやつ……よく知らないけど。箱を開けてみるまで中の猫が生きているか死んでいるかわからないってやつ……中のぬいぐるみが食べられているか食べられてないかは、柚子が店に入ってみないとわからない……ってこと？

いや、食べられるのは豚肉であるわけだから……ぶただからってぬいぐるみまでは食べないのではないか、と思ったり思わなかったり。

さっぱりわからん！　と叫びたくなった。

その時、重そうなサッシが開いて、中から二十代くらいの若い女性が顔を出した。柚子は思わず飛び退《の》く。

「あっ、いらっしゃいませ！　すみません、まだ準備中になってましたね！」

そう言って、看板を「営業中」に裏返す。

「どうぞー」

そう言われてしまって、どうしようか柚子は悩む。女性はさっさと中に戻ってしまったので、このまま帰っても別に支障《ししょう》はないだろうが、正直「ぶたにくざんまい」という名前はとても気になる。

柚子は豚肉が大好きなのだ。

なかなかに複雑な心境《しんきょう》ではあるが、それはあらかじめぬいぐるみを見たせいで――何もなければ迷いなく入っているだろう。どうも新しい店のようだし。以前ここは食べ物屋さんではなかったはずだ。じゃあなんだったのか、というのは思い出せない。どうしてこういうのって忘れてしまうのかなあ。

そんなことを考えながら、柚子はサッシを開けて入ってしまう。思ったとおり、重い……。やはり年季が入った重みだ。

こんなの開けてあのぬいぐるみが入ったなんて、絶対にありえない、と思ったら、奥の席にぬいぐるみがちんまり座っていた。

いや、単に置いてあるようにしか見えない。動いてないし。もしかして、元々ここにあったものなのかもしれない。なんかこう……ここに誘導《ゆうどう》されたのかな？　守り神とか座敷童子《ざしきわらし》みたいな感じで。お店のためにお客さんを見つけよう、みたいな。

そう考えるとなんだか健気《けなげ》だな。ますますここで食べてあげないといけない気がする。

窓側の席に座ると、ぬいぐるみもよく見えた。無意識にそういう席を選んでしまった気もするが、まあ、いいか。顔をようやく見た。黒ビーズの点目に突き出た鼻と、よくあるかわいいぶたのぬいぐるみだった。この店名であのマスコットキャラだとしたら、とても合っている。

テーブルのメニューの他に、壁に日替わり的なのとランチのメニューが貼ってある。ランチは、「ぶたにくざんまい」という店名どおりに豚肉料理が並んでいる。生姜《しょうが》焼き、とんかつ、豚焼肉、ポークチャップ、ポークソテー、トンテキ——ポークソテーとトンテキの違いがわからない……。その他の特徴としては、「豚汁《とんじる》を味噌汁《みそしる》に変更可」というところか。普通、変更するなら味噌汁↓豚汁ではないだろうか。値段も変わらないから、デフォで豚汁がお得……。

それにしてもどれもおいしそう。トンテキって食べたことないかもしれない。ポークソテーとどう違うか訊いてから、どっちか選ぼうかな――。

「あっ」

目を引く貼り紙を見つけ、つい小さな声をあげてしまって、あわてる。マスクしててよかった……。

あれ、ランチにも注文できるのかな。

さっきの女性がお茶を持ってきてくれた。奥の厨房《ちゅうぼう》にも人がいるみたい。二人でやっている感じなのかな。

「あの、あれランチにもなるんですか?」

さっそくたずねる。貼り紙には、「豚肉の唐揚げ」とあった。

「はい、できますよ」

やった!

「じゃあ、それお願いします」

「わかりました。お待ちください」

唐揚げ。しかも豚肉の。鶏肉《とりにく》のしか食べたことない！　おいしそう！

いや、酢豚《すぶた》に入っているのも豚肉の素揚《すあ》げだった。あれおいしいけど、餡《あん》がからまってるからな。純粋に豚肉の唐揚げを推《お》しているのは初めてということだ。

それにしてもこんな店ができていたとは。柚子は周りを見回す。意識的にぬいぐるみから視線をはずして。そうしないとジロジロ見ちゃうし。ぬいぐるみだから見てもいいんだけど、でも。

気を取り直して——無骨《ぶこつ》すぎる外観だったが、中はいわゆる町中華《まちちゅうか》みたいな内装《ないそう》だった。古いが清潔《せいけつ》、壁のメニューはかわいい手書きで、そこだけ新しく感じた。

ここ、もしかして新しいのではなく、自分が気づかなかっただけなのかな。地味なたたずまいだし、そういう可能性もある。

あるいはその目立たなかったお店の居抜《いぬ》きか。うーん、そっちの可能性の方が高いかな。

どっちにしても、決して通らない道じゃないのに柚子は気づかなかったということだ。どうしてなんだろう。まあ、派手にしたからお客さんが来るかっていうとそういうわけではないし、ついでに言えば、おいしければ繁盛《はんじょう》するわけでもない。なんだか理不尽《りふじん》で、切ない話ではあるけれど。

そんなことを考えていたら、

「はーい、豚肉の唐揚げ定食ですー」

おいおい、ずいぶん速くね？　頼んでから三分くらいしかたってないよ？　ちょっと不安になる速さなんですけど——と思ったら、トレイが置かれたのは、あのぬいぐるみの前だった。

え？

「ありがとうございます。わー、おいしそう」

え、なんか声が聞こえたんだけど？　トレイを持ってきたのは、さっきの若い女性の店員さん。厨房にいるのも、漏れ聞こえた声からすると女性だった。男性はこの店の中にはいないはず。でも、聞こえたのは中年男性の声だった。

「ごゆっくりー」

店員さんは特に気にしていないようだった。さっと厨房へ戻っていく。

店内に残された柚子とぬいぐるみ。ぬいぐるみはぬいぐるみと納得しかけていた（というか、そう思おうとしていた）柚子は、再びパニックというか、頭の中が「？」でいつぱいになった。

さっき目撃した時は他に人がいなかったから、自分が幻《まぼろし》とか夢を見たとか思えばよかったが、ここはお店で、あの店員さんもいる。しかし彼女は何も気にしていないようだ。奥の厨房の人はこのぬいぐるみを認識しているの？

混乱の極《きわ》みで、帰ろうかとも思ったが、料理を注文してしまったのだ。お店の人に悪いし、別に変なことされたわけじゃないし……ただ、ぬいぐるみが歩いたりしゃべったりしてるだけで。

そう。それだけのことなんだけど。

……もう、どう考えていいのかわからなくなってきた。料理が来たら、食べてすぐに帰ろう。それまで下向いてよう。いつも料理待ってる時みたいに、スマホ見て。

と決心したが、どうしてもちらちら見てしまう。ぬいぐるみの方を。だって、そもそもどうやって座ってるの？　この椅子《いす》では低すぎるでしょ？

じろじろ観察したい気持ちを抑《おさ》えたらいいのか、こうなったら積極的に見た方がいいのかさっぱりわからない。しかしどちらにしろ、横目は止められない。だってぬいぐるみ、割り箸を手（？）に取った！

けてるの？

パキッと小気味《こきみ》いい音を立てて箸を割り、ちゃんと右手の先（ひづめ？）に固定した。まずは豚汁を左手で取る。どうやって？　あの布製の手に、どうやってお椀《わん》をくっつけてるの？

柚子は割と目のいい方なので、横目でもだいぶ見えるのだけれど（もうほぼ首向いてるけど）、きっとちゃんと見ないとこれはわからない。箸はまだわかる。ぎゅっとシワが寄ってるから、握《にぎ》ってる感じがする。でも、お椀は握ってないし……重力を無視している。

とにかくどうやっているかわからないが、ぬいぐるみはお椀を傾け、豚汁を飲んだ――ように見える。ていうか、鼻が……あの鼻先、汁に浸かってるよね……。それとも鼻ですするんだろうか。ずずずって。痛くないのかな……。

豚汁を飲んだ（らしい）ぬいぐるみは、山盛りになっている豚肉の唐揚げに箸を伸ばして、なんとも器用に一つつまみあげる。あ、酢豚みたいなのとは違う。けっこう薄めの肉の唐揚げだ。熱そうなのに、それを躊躇なく鼻の下に押し込んだ。え、そこが口？

ほっぺたがちょっとふくらんで、もぎゅもぎゅ動くのを呆然《ぼうぜん》と（もうすでに横目ではない）見ていると、

「お待たせしましたー」

柚子のところにも豚肉の唐揚げ定食が来てしまった。ああー、ぬいぐるみが食べているところをもっと見ていたいけど、唐揚げは熱いうちに食べたい。すごくいい匂《にお》いだし！

柚子がちらりとぬいぐるみの方を見ると、彼（さっきの中年男性の声がこれの声だとすれば）は豚汁に七味《しちみ》を入れているところだった。柚子の視線に気づいたのか、食べながら顔（というか鼻）を上げる。目が合った、と思ったのだが、果たして点目の焦点《しょうてん》というのはどこなのか。

しかし、目は本当に合ったらしい。なぜかというと、ぬいぐるみがちょっと会釈《えしゃく》をしたから。それは単なる礼儀からの会釈というより、「同じものですね。おいしいですよねえ」みたいな感じ？

いや、それこそこっちの思い込みかもしれない。「さっきからじろじろ見てるよね」という抗議《こうぎ》の表れかも。点目だからよくわからないが、たとえぬいぐるみであろうと盗み見されればいい気持ちはしないだろう。どんな顔で見ていたのかは、自分では想像したくない。

反省した柚子は不自然にならないように会釈を返し、目の前の料理に向き合った。

唐揚げにした薄切り豚肉は、軽く波打っていて、ボリュームたっぷりだった。千切りキャベツとトマトとパセリ、ポテトサラダが添えられている。それにごはんと具だくさんの豚汁、お漬物《つけもの》のセットだ。

貼り紙に目を走らせて、値段を確認する。うん、これであの値段は安い。ダイエットとかそういうことは今日は考えない。

唐揚げを箸でつまむ。軽い。そのまま口に入れると、サクッと音がした。カリカリの食感だが、やけどするほど熱い。けど、薄いから食べやすい。脂《あぶら》の甘味と香《こう》ばしさが舌で溶ける。油っぽいかな、と思ったが、歯ごたえの邪魔にならない程度にかかっているタレに酸味《さんみ》があるせいか、全然しつこくない！　ごはんとの相性《あいしょう》もいい——というか、進んでしまって困る。豚汁はほとんど野菜だけれど、ゴロゴロ入っているから食べ応えあるし、豚肉の出汁《だし》がしっかり出てる。ポテサラもお漬物もおいしい。

すっかり夢中で食べてしまった。半分ほどになった時、お茶を飲んでハッとする。あのぬいぐるみは⁉

奥のテーブルを見ると、ぬいぐるみは豚汁をまた食べていた。というより、もう食べ終わる頃？　唐揚げの皿は空《から》っぽで、パセリすらない。

自分の食い意地をこんなに悔やんだことはない。こんな機会、多分もうない。ぶたのぬいぐるみが豚肉の唐揚げを食べるところを見るなど——たとえ夢だとしても、こんな変な夢、もう一度見る機会はない。

その時気づく。夢の中でこんなにちゃんと味がわかったことあっただろうか……いや、ない。何か食べることはけっこうある（それもまた食いしんぼうみたいでいやなのだが——みたいじゃなくてそのとおりだけど）。しかし、味を感じたことは一度もない。

ということは、これは現実……？　頬をつねるまでもなく明らかなこと？

そんなことを考えつつ、半分上《うわ》の空《そら》で定食の続きを食べていたら、ぬいぐるみは豚汁を食べ終わったらしく、ゆっくりとお茶を飲み始めた。両手でつかんで。なんかかわいい。

「お皿、下げちゃいますねー」

店員さんがテキパキと片づけ始めた。

「ありがとうございます。おいしかったです」

「えー、ぶたぶたさんにそんなこと言ってもらえてうれしいですー」

ぶたぶた……!?　柚子の箸が止まる。

「お母さんはお元気ですか？」

「元気ですよー」

奥から声が聞こえ、中年の女性が出てきた。若い店員さんのお母さんかな？

「ほんとにその節《せつ》は助けていただいて、ありがとうございました、ぶたぶたさん」

そう言って、店員さんたちは二人で頭を下げる。

「いえいえ、僕は何もしてないですよ。こちらこそ助けられた方です。お昼食べられるところがここら辺、なかなかなかったから」

あー、こんな感じの飲食店、最近この辺にはなかったかも。なくなってしまったお店もやはり多いから……。

「とにかく、無事開店できてよかったですね」

「そうですね。ちょっとこんな時期で、これから不安なんですが」

そうよね。ぬいぐるみの横顔も心持ち曇《くも》ったような。しかし、

「友だちにも紹介しておきます。このご時世だと大勢では来られないので、とにかく一人で通うようにと伝えますね」

と言う。友だち……それはぬいぐるみなのか、人間なのか。ここに来られるってことは、そこそこ近所ってこと？　そんなぬいぐるみ、柚子は見たことないが。

「ありがとうございます！」

娘らしき店員さんがお礼を言ったあと、ふと柚子の方に目を向ける。

「あの、もしかして、ぶたぶたさんのお友だち……ですか？」

突然話を振られて、驚く。やはり友だちは人間だったのか⁉　――ってそっちか⁉

柚子は手をぶんぶんと振る。

「いやっ、あたしはただの……通りすがりの者でっ」

テンパって変なことを言ってしまったが、その言葉を聞いて、なぜかぬいぐるみも店員さんもテンションが上がる。

「知り合いじゃないお客さん、初めてなんです！」

涙ぐみそうな顔で、そんなことを言われる。

友人ではないが、まあ、あとをつけて入ったようなものなので……やはり導かれたと言ってもいいかもしれない。けど、なんとなくそこまでは言えず。だってストーカーみたいじゃないの……。

「あの、最近できたんですか、ここは？」

ずるいけど、質問で話題を反らす。

「そうなんです。こんな時期なんですけど、前から開店日を決めていたので、二週間前から。でもなかなか宣伝《せんでん》まで手が回らなくて……」

飲食業についてはよくわからない。柚子が子供の頃は、よく新聞に新規開店のチラシが挟まっていた。が、今は新聞をとっている家も少ないし、そういう広告費をかけてもどのくらいの効果があるかわからない。

「SNSとかやってらっしゃるんですか？」

最近はもっぱらそういうのに頼るものなのかも。

「一応アカウントは作ってあるんですけど、ほんとに余裕《よゆう》なくて」

そうだよな。どんな仕事だって始めて二週間っていったら、いろいろ慣れるのが精一杯だ。SNSをやったからって繁盛するわけじゃないだろうが、やれることはしておきたいと思うと少しプレッシャーになるかもしれない。

「じゃあ、駅の反対側に親戚いるんで、すすめておきますね」

食いしんぼうが多い家系なので、きっといい噂が広がるだろう。ウォーキングでここら辺にも来ると言ってたし。

それにしても、このぬいぐるみが「助けた」って何をしたんだろうか。引っ越し？　いやいや、こんな小さくてはダンボール一個も持てないだろう。厨房のお手伝い？　いや、それも無理だろう。背が届くのか？

何か相談に乗ったとか？　……うん、それが一番ありそう。柚子も小さい頃、ぬいぐるみに相談というか悩みを聞いてもらったものだ。点目ってけっこう話しやすい。ぬいぐるみはみんな聞き上手だ。

しかし、次の言葉に柚子は衝撃《しょうげき》を受ける。

「それにしてもおいしいですね。うちのより、揚がり具合もずっといいですよ。それから夕レがうまい」

うちのより？　何が？　この唐揚げ定食のこと？

「少し酸味を強くしたんです。うちで使う肉はちょっと脂身が多いんで」

「ああ、肉質によって変えた方がいいかもしれませんよね。脂身多いとおいしいけど、油っこくなるのが難点《なんてん》で。うちも参考にします」

プロか！　プロなの⁉

「ここ居抜きなんですけど、厨房が思ったよりもずっとよくて」

「中華屋さんだったから、やっぱり火力がいいんですかね」

「そうですねえ」

いろいろツッコみたいところがあるけれど、これ以上口をはさむ勇気はない……。

「あ、すみません、お食事のお邪魔をしてしまって。どうぞ召し上がってください」

ぬいぐるみに言われて、柚子は食事を再開した。が、

「ごちそうさまでした。また食べに来ます」

そう言って、ぬいぐるみはぴょんと床に着地した。椅子の上には座布団《ざぶとん》が載っている。

なるほど、あれで高さを調整していたのね。

「あ、ありがとうございました、ぶたぶたさん！」

「またいらしてくださいね」

ぬいぐるみは重いサッシを難なく開けて、

「がんばってください」

と言って店を出ていった。

それを見送りながら、柚子の箸は止まっていた。なんだかがっかりしたような気分に

なるのはなぜだろう。別になんの関わりもないのに。

「あのう」

店員さんが話しかけてきた。

「お茶のおかわりいかがですか？」

「あ、はい、お願いします」

急須《きゅうす》からあったかいお茶が注《つ》がれる。柚子は、唐揚げを食べ終えてから、ゆっくりとそれを飲んだ。

会計の時、忘れずに言う。

「あの、豚の唐揚げ、とてもおいしかったです」

「ありがとうございます！」

すごくうれしそうな顔でお礼を言われた。

「ほんとに、少しずつお客さん、増えてくれるといいなって思ってます」

今、飲食店の人で不安じゃない人なんて、いないだろう。いやいや、飲食店以外の人だって、不安だ。たとえば、柚子だって。

最近、食欲がなくて、ちゃんとしたものを食べていなかった。お店に遠慮して、外食もしていなかったから、家でずっと一人だった。家族や友だちと連絡は取り合っていたし、たまに会ったりはしていたが、こんなふうに知らない人と何気ない世間話《せけんばなし》みたいなものをしたのは久しぶりかもしれない。仕方なく「一人」を続けていたら、うまくしゃべれなくなったような気がしていたのに。

「あのう、さっきのあの……方、もしかしてお店やってるんですか？」

「あ、ぶたぶたさん。あの人は、うちの料理の師匠《ししょう》なんです」

師匠!?　そう来たか。

「今は、ちょっとお店閉められているんですけど」

え、それって、やっぱりこのコロナ禍で閉めざるを得なかったとか……？

そうたずねようとしたら、若い男性がガラリとサッシを開けて入ってきた。

「開いてますか？」

「はい、どうぞ。いらっしゃいませ！」

店員さんの顔がパッと輝く。この人も知り合いじゃないお客さんなんだろうか。

「じゃあ、また来ます」

柚子はそう言って、入れ違いに出ていく。

「あ、すみません。ありがとうございました！」

次に来た時に、また訊けばいいか。ぬいぐるみの師匠についても。

それにしても豚肉の唐揚げ、おいしかった。今度はトンテキにするか、ポークソテーにするか――そんなふうに次に食べるものを考えること自体、久しぶりな気がした。

また絶対に来よう。だって、おいしいお店が閉まってしまうのは悲しい。一人でも、いくらか力になれるのかも、と初めて思えた。

助けに来てくれた人

高校生になって、お昼はお弁当を持っていくことになった。

母も作ってくれるが、莉世《りせ》が作る時もある。そういう時は母の分も作る。うちは二人しかいないので、なんとなくその時作れる人が朝食やお弁当を作っているという感じだ。料理はそんなに得意とは言えないが、ひと通りはできるつもり。お弁当作りはけっこう好きだ。適当に詰めてもミニトマトとブロッコリーで彩《いろど》りはごまかせる。最近はネットに盛りつけ動画がたくさんあるから、それも参考にしている。開けた時に楽しい方がずっとおいしく感じる。母も喜んでくれる。

朝、一人でお弁当を作っていると、思い出すことがある。あれが本当のことかどうかはわからないけど、忘れられない出来事だ。

その日、六歳になったばかりの莉世は、母と一緒に家にいた。

記憶が正しければ、その時はもう保育園に行っていたはずだけれど、なぜか家で二人で過ごしていた。休日の可能性もあるが、朝、自分の具合が悪かったという記憶も残っている。そのため多分、母が会社を休んで面倒を見てくれていたのだろう。

熱のあった莉世は、薬を飲んでふとんで寝ていた。

「熱が下がらなかったら、病院に行こうね」

そう母が言っているのを聞きながら眠りにつき、何時間かのち目を覚《さ》ますと、さっきまでの気持ち悪さが消えていることに気づく。

ふとんから出て、隣《となり》の部屋に行くと、母がソファーで居眠りしているのを見つけた。

莉世は小さいながらも、母が「疲れている」とわかっていた。「具合が悪い」というのにも気づいた。

「お母さんの看病《かんびょう》をしなくては！」と思ったが、具体的には何をしたらいいのかわからない。自分が寝ていたら治ったというのがあるので、寝ていることにとりあえず安心する。

その時、自分がお腹《なか》がすいていることに気づく。多分、お母さんもお腹がすいているだろうから、お昼をどうにかしなきゃ、と考えた。あとおでこに冷えピタを貼らなくては、と思って、あちこち探したが、見つからない。

「買い物に行こう」と莉世は決心した。

スーパーに行けば冷えピタがあるはず。何かおいしいものも買おう。いや、何か作ってあげよう。お昼だから、お弁当がいいな。お弁当、大好き！　お母さんのお弁当を莉世が作るなんて、すごいすてき！

とにかく母のために何か買い物しなくちゃと考えたのだ。

莉世はちゃんと着替えて、母がいつも買い物に持っていくエコバッグを手にぶら下げて（財布《さいふ》を持っていたかは定かではない）、なんだか冒険《ぼうけん》へでも行くように、アパートを出た。

ひと気のない午前中の住宅街を、莉世は意気揚々《いきようよう》と歩いていた。お母さんのためにお昼を作ってあげるなんて、そんなこと思いついた自分すごい、と思いながら。

その時、莉世は足を止めた。道のちょっと先に、ぶたのぬいぐるみがこっちを向いて立っていたからだ。

小さいぬいぐるみだった。大きさは保育園で遊ぶボールくらい。薄ピンク色で、黒いビーズみたいな点目。にゅっと突き出た鼻。大きな耳の右側がそっくり返っている。

見たことのないぬいぐるみだ。誰かの落とし物かな、とじろじろ見てたら、こっちに向かってトコトコ歩き始めた。

すごい、動くぬいぐるみだ！　大きな動くぬいぐるみは見たことあるけど、こんなに小さいのは初めて！

興奮した莉世は、持っていたものを放り出して、ぬいぐるみに駆け寄った。

「こんにちは！」

まずはご挨拶《あいさつ》だ！

「え、あっ、こんにちは」

ぬいぐるみも挨拶を返してくれた。すごいすごい！　口はないけど、声が出た！　しかもおじさんの声だ！

「おじさんなんだね！」

莉世は思ったとおりのことを言ってしまう。

「あ、そうだね。おじさんです」

鼻がもくもくっと動いて、また声が出た。

「小さいけど！」

「まあね」

莉世より小さいのに、偉《えら》いなあ、と思う。

「どうしたの？　一人？」

ぬいぐるみがそう訊いてきた。

「うん」

「どこか行くの？」

「お買い物」

「へー。偉いね」

ぬいぐるみに「偉い」と言われて、なぜかとてもうれしい。

「お母さんにお弁当を作ってあげるの」

うれしいついでに、こんなことも言う。

「ふーん、そうなんだ。お母さんはどこにいるの？」

「うちにいるよ」

「お母さんは今何してるの？」

「お母さんは寝てる」

「え、それなのに君は外に出ちゃったの?」

びっくりしたような声だった。なんでそんな驚くのか、莉世にはよくわからない。

「お母さんは今、具合が悪いの。今朝の莉世みたいに。だから、看病してあげるの」

「そうかー。調子悪いのか」

ぬいぐるみは鼻をぷにぷに押しながら、そんなことを言った。

「ぬいぐるみさん、名前なんて言うの?」

「僕の? 山崎ぶたぶたっていいます」

「山崎さん」

「ぶたぶたでいいよ」

「ぶたぶたさん」

すごくぬいぐるみっぽい。ぴったりの名前だ。

「あたしは莉世」

最近、ちょっと「あたし」って言うようにしている。

「リセちゃん。いい名前だね」

「そうなのー」

　ぶたぶたと同じくらいぴったりだと思う。いつもお母さんが「かわいい、かわいい」って言ってくれるから。漢字はまだ書けないけど。

「ぶたぶたさんはどこに行くの？」

「うーんと、まあ、散歩かな」

「散歩かー。散歩は莉世も大好き」

　ぶたぶたさんと散歩行きたいなー、と思ったが、買い物があるので無理だ。

　莉世は放り出したエコバッグを拾《ひろ》ったが、その時、財布が入っていないのに気づいた。

「あ、財布……財布ない……」

「どうしたの？」

　ぶたぶたがいつの間にかそばに立っていた。

「財布ないの……。落としちゃった……」

「ええーっ」

「持ってたはずなのに」（多分）

「一緒に探そう。引き返してみようよ」

　二人で周りを見て回ったが、財布はどこにも落ちていなかった。

「誰か拾ってくれたのかな」

「うーん、どうかな。さっきからほとんど誰もいなかったし」

財布がどこかに消えてしまった。莉世はショックで泣きべそをかく。すごくすごく残念な気分だった。さっきまでとてもすてきなことしてるって思ってたのに。

「家に忘れただけかもしれないよ」

そう言ってぶたぶたがなぐさめてくれる。

「とりあえず、帰ってみたら？」

「でも、でも……お弁当のお買い物しようと思ったのに……」

スーパーに行かないと作れない！　涙がどんどんあふれてくる。

すると、ぶたぶたが言う。

「お弁当は家にあるものでも作れるんじゃない？」

「そんなことできるの⁉」

思ってもみなかった。莉世の涙が引っ込む。

「どうやって作るの……？」

「うーん……冷蔵庫の中身で適当に？」

「適当ってどうやるの？」

「――本当に作りたいの？」

ぶたぶたの目と目の間にシワができて、困ったような顔になる。

莉世は何度もうなずく。でも、ぶたぶたの顔からシワは取れない。

「教えてくれないの？」

「うーん、口で説明するのは難しいね」

ぶたぶたは、短い手を身体の前でシワができるほど、ぎゅっとクロスさせる。悩んでる感じ。

このままでは教えてくれそうもないな、と思った莉世だが、突然閃《ひらめ》いた。

「ぶたぶた、うちに来て！」

「えっ」

「作り方、うちで教えて」

我ながら名案だ。

ぶたぶたはちょっとだけ鼻をぷにぷにすると、

「わかった。行くよ」

と言った。すごい！　これで解決！

「わーい！　こっちだよ！」

莉世はぶたぶたの手をつかんで走り出した。軽いな、ぶたぶた！　ちゃんと持ってるかな、と思って後ろを見ると、ぷらんぷらんしていた。

「こうした方が速いと思って」

「そ、そうだね……」

アパートに着いて、玄関を開けると、

「ドア、鍵《かぎ》閉まってなかったね……」

後ろでぶたぶたが言う。さっき手を離したので、廊下で寝っ転がっている。

「そうみたいだね」

鍵は閉めないといけないとわかっているけれど、急いでいたから忘れてしまったのだ。

「どうぞー」

お母さんの真似をして、ぶたぶたを先に通した。

短い廊下の奥にテレビとかソファーとか台所とかある部屋があって、その隣にいつも二人で寝ている畳《たたみ》の部屋がある。今朝は莉世が寝ていたからふとんがそのままだ。

お母さんは莉世が出ていった時と同じ姿勢でソファーで横になっていた。

「お母さん、ただいま」

「莉世……」

そう言って起き上がろうとするけど、また寝てしまう。

「莉世ちゃんは手を洗った方がいいよ」

「うん、わかった」

洗面所で手を洗ってうがいして帰ってくると、お母さんがいなかった。ぶたぶたがちょこんとソファーに座っている。

「お母さん、どこ行ったの？」

「隣の部屋で寝てるよ」

ふすまを開けて見ると、ふとんでお母さんは寝ていた。

「お母さん――」

莉世が呼びかけると何か言っていたが、よくわからない。

「お母さん、これからお弁当作るね」

またもごもご言っているけど、お母さんは眠いみたい。

「お母さん、熱が出てるみたいだよ」

後ろからぶたぶたの声がする。

「莉世の風邪がうつったのかな」

「莉世ちゃんも熱があったの？」

「うん、でもさっき下がった」

「そりゃよかった。お母さんは冷えピタとか貼った方がいいんだけど、あるかな？」

「どこにあるかよくわかんないの」

ぶたぶたはうーんと考えて、

「もしかして冷蔵庫の中にあるかも。冷やして貼ると気持ちいいからね。冷蔵庫開けてもいい？」

「いいよ」

莉世とぶたぶたは台所へ行く。しかし、一番下の野菜室しかのぞけない。

「椅子、借りるよ」

「あ、莉世も見る」

二人で椅子を持ってきて一緒に乗ったけれど、それでもぶたぶたは届かないので、莉世が持ち上げてあげた。

「冷えピタあった？」

「あったよ」

ぶたぶたが箱を取って中身を見てる。

「じゃ、ちょっとお母さんに持っていくから。何作るか、莉世ちゃん考えてて」

「わかったー」

莉世は冷蔵庫の中を見て、ウインナーの袋があるのに気づいた。それは入れようと思う。しかしそれだけではお弁当は寂しい。それだけでもいいのかな、おいしいし、と考えていたら、

「莉世ちゃん、乗るよ」

ぶたぶたがジャンプして隣にまた乗ってきた。

「お母さんのお熱下がったの？」

「まだだけど、冷えピタ貼ったから」

「お母さん、寝てれば莉世みたいにすぐ治るよね。お弁当食べれば治るよね。作ってあ

げなくちゃ。ウインナーがあるんだけど、おかずはそれでいい？」

　ぶたぶたが冷蔵庫をのぞきこむ。

「玉子もあるみたいだね。まずは玉子焼きとタコさんウインナーがいいんじゃない？」

「わーい」

「ちょっとまた持ち上げてもらえるかな」

「ＯＫー」

　ぶたぶたは「もうちょっと右」とか「少し下」とか言いながら、冷蔵庫の中を見回す。

「このタッパーに入ってるのはブロッコリーかな？」

　そう言いながら、次々と出してダイニングテーブルの上に並べた。野菜室も冷凍庫も見る。炊飯器《すいはんき》を開けると、保温されたごはんもあった。

「茹でたブロッコリーとミニトマトもあるし。冷凍の唐揚げもあるし。メインのおかずはどれにする？」

「玉子焼きと唐揚げとウインナー」

「莉世ちゃん、欲張《よくば》りだねえ」

「だって、自分で作るんなら全部好きなものの方がいいじゃん」

お母さんが作るともう少し野菜が多いけど、莉世はお肉の方が好きなのだ。

「それもそうだね。自分でお弁当作ると食べたいもの入れられるよね」

ぶたぶたは流し台の脇に椅子を持ってくる。

「うーん、低いな」

「やり方教えてくれるなら、莉世がやるよ！」

莉世はいつになくやる気になっていた。椅子の上に立てば、ぶたぶたよりも手が届くし。

「そうだね。じゃあまず、手を洗って——」

言われたとおり、ハンドソープで手を洗う。

「お母さんが買ってくれた莉世の包丁《ほうちょう》があるんだよ！」

「へー、すごい。どこにあるの？」

「多分、ここ」

鍋《なべ》とかフライパンが入ってる引き出しを開ける。包丁を入れるところがあって、そこに「しまっとこうね」ってお母さんが言ってた。

ぶたぶたが小さな包丁を取り出す。

「あ、セラミックのだね」

「セラミックってなあに？」

白いのは不思議だな、と思ってたけど。

「セラミックの包丁は、普通のよりちょっと危なくないって感じかなー。でも、ちゃんと切れるから、指は気をつけないとね」

「わかった」

「小さなまな板もあるね」

包丁の隣から出して、莉世に渡してくれる。

「では、タコさんウインナーを切ります」

「どうやって？」

「ちょっと待ってて」

ぶたぶたはうーんとうなり、
椅子から降りて、テレビのある部屋に行く。莉世はじっと言われたとおりに待った。

すると、クッションがこっちに向かって歩いてきた。

「わー！」

今度はクッションがジャンプした！

「よいしょっと」

クッションは勝手に椅子の上に乗った。ていうか、ぶたぶたが持ってきたのか。

椅子の上のクッションにぶたぶたが立つと、なんとか莉世と同じくらいになった。ちょっとぐらぐらしてるけど。

「これからタコさんウインナー切るから、よく見てて憶えてね」

ぶたぶたはウインナーの片側に切れ込みを入れる。

「ちょうど八本足に分かれるように、しっかり押さえて切ってね。うまくできなかったら何本足でもいいよ。そうだ、半分はカニさんウインナーにしようか」

今度は縦半分にウインナーを切って、両側に切れ込みを入れる。こっちも八本足だ。

「できるかな？」

「やってみる！」

莉世は自分の包丁でウインナーを切ってみた。うまくいかなくて、足が欠けちゃったりしたのもできたけど、何本かやったらきれいに切れるようになる。

「うまいうまい。初めてとは思えないね！」

「ほんとー？」

調子に乗って、袋のウインナーを全部タコさんとカニさんにしてしまった。

「足がまっすぐだけど」

「焼くとくるっと丸まるんだよ」

「へー、そうなんだ」

お料理は、お母さんが「小学校に上がったら教えてあげる」って言ってたから、まだよく知らないのだ。

「玉子は割れる？」

「割れるよ。やったことある」

ボウルのふちで玉子を叩いて、玉子を割る。でも、

「殻《から》が入っちゃった……」

「少しだから、取れば平気だよ」

ぶたぶたは濃いピンク色の手の先でぎゅっと箸を握って取ってくれた。莉世はまだ箸がうまく握れないので、びっくりする。

「うまく混ぜられるかな？」

「それもやったことある」

箸でぐるんぐるんかき混ぜていると、

「玉子焼きは甘いのとしょっぱいの、どっちが好き？」

と訊かれる。

「うーん……」

莉世はすごく悩む。

「お母さんのは甘くて大好きだけど……前に保育園で食べた玉子焼きはそんなに甘くなくて、それもおいしかったの」

「そういうのにしてみる？」

「できるの？」

「莉世ちゃんが食べたのと同じものにはできないかもしれないけど、甘さ控《ひか》えめにしてみようね」

ぶたぶたは流し台の上にあった調《ちょう》味《み》料《りょう》を莉世に入れさせる。ちょっとずつちょっとずつ。入れ過ぎたら戻せないもんね。

「じゃあ、コンロの方に椅子を持っていこう」

二人でうんしょうんしょと椅子を運び、コンロのスイッチを入れる。

「ＩＨでよかったよ。火は大変だからね」

「やけどしたら痛いよね」

莉世は昔、熱いフライパンを触ってしまって大泣きしたことがある。

「僕はやけどどころか、燃えちゃうからねー」

「そうかー。ぬいぐるみだもんねー」

そりゃ大変だ！　やけどくらいでよかったのかなー。

ぶたぶたは小さめのフライパンをコンロの上に置く。

「お母さんはだし巻き作るの？」

「だし巻きって何？」

「大きくて丸くて巻いてある玉子焼き」

「うん、そういうやつ」

「今日はだし入れてないし、玉子も少ないから、適当に丸めて作ろうね。じゃあ、玉子を入れて」

あったまったフライパンに、莉世は溶いた玉子を流し入れる。

じゅーっという音がして、いい匂いが広がる。すごくおいしそう！

「玉子を丸く広げて」

「どうするの？」

ぶたぶたは莉世の手を取って、一緒に回してくれる。ぶたぶたの手は、ふにふにしている。

「わー。玉子焼きはお母さんと一緒に一回作ったことあるけど、ぐちゃぐちゃに混ぜただけだったよ」

「それもおいしいよね。簡単だし」

「きれいにできなくて……」

焦《こ》げちゃったし。火が強かったってお母さんに言われたけど。

「いいんだよ。見た目がアレでもおいしければ」

「そうなのかな」

そう言っている間に、玉子は薄く丸くきれいに広がる。わー、しゃべってる間にできた！

「じゃあね、ここ、ここら辺をこのフライ返しでちょっとめくって」

と渡される。

「玉子の下に先っちょを入れて」

言われたとおりに玉子の端っこにフライ返しを差し込んで持ち上げると、ぶたぶたはくるくるっと玉子を巻いてしまった。しかも箸で！

「ちょっとフライ返し貸して」

莉世が渡すと、ひらひらしてるところを下にして、ぎゅっと押さえて、さっと皿に取った。速い！

「はい、玉子はこれでいいね」

「わー」

さっきからびっくりしてばっかり。なんか簡単そう。今度やってみよう。

「じゃあ、このままウインナーを焼いていくよ。切ったのを入れて」

「うん」

タコさんとカニさんのウインナーを入れる。ころころ箸で転がしていると、足がくるくるっと丸まって面白い！

焦げ目がついておいしそうになったところを、ぶたぶたはひょいひょいとお皿に取っ

て、

「はい、できあがり。じゃあ、火を消して、と。テーブルに移動しよう」

ダイニングテーブルの上に、切った玉子焼き、ウインナー、タッパーに入ったブロッコリーとかミニトマトを並べた。

「唐揚げもチンしよう。できるかな？」

「うん。電子レンジは得意！」

皿に並べた唐揚げを電子レンジに入れて、「あたため」ってスイッチを押す。ほら、簡単。

唐揚げはすぐにあったまった。

「じゃあ、お弁当箱におかずを詰めていこう」

「あ、お弁当箱はここにあるよ」

食器棚からお母さんと莉世のお弁当箱を出す。色違いで、莉世の方が少し小さい。莉世は青、お母さんはピンク。

「おー、かわいいお弁当箱だね」

「おそろいなんだよ。お花描いてあって、かわいいでしょ」

お母さんと一緒に買った。たまにお弁当持って二人でピクニックに行くんだ。いろんなところ歩いて、河原《かわら》とか公園でお弁当を食べる。

「ぶたぶたのお弁当箱はこれでいい？」

前に莉世が使っていたお弁当箱を出す。

「いいよ。かわいいね」

「うん、これも気に入ってるから、たまに使うんだ」

青色の三角いっぱい柄なのだ。

「青が好きなんだね」

「お空の色だからね！」

ランドセルも空色にするつもりなんだ。

「じゃあ、好きなように詰めよう」

「わーい」

「ごはん、よそえる？」

「よそえるよ！」

お母さんに教えてもらってるから、できる！

莉世は、しゃもじでお弁当箱に半分ごはんをよそった。

「お母さんは、なんかカップみたいなのにおかず入れたりするの」

「あー、ホイルの？　それともシリコン？」

「いろんな色の。ここにあるよ」

莉世は引き出しからシリコンのミニカップを出す。

「何色にする？　やっぱり青？」

「うーん、今日はピンクかな」

そういう気分かも。ぶたぶたを見てそう思ったのかな。

「彩りもよくなるねえ。莉世ちゃんはどこに何があるかわかってるんだね、すごいね」

「お母さんがどこから出すか知ってるだけだよ」

でも「すごい」と言われてうれしい。

莉世は唐揚げの入ったピンクのカップをお弁当箱に入れた。その隣に玉子焼き入れよう。

「玉子焼きはこう並べるときれいだよ」

ただ丸めただけなのに、黄色に茶色いうずまき模様《もよう》になっていた。

「でも、ぎゅっと詰めないとダメなんだよね」

ぶたぶたはウインナーで玉子焼きが広がらないように詰める。莉世も真似してみる。

タコさんが玉子焼きをおさえてる！

「端っこは莉世ちゃんにあげる」

「え、食べていいの？」

「いいよ。おかずのつまみ食いはお弁当作る人の特権だよね」

余った玉子焼きの切れ端を食べてみたら、

「あ、ほんとだ、あんまり甘くない」

甘くもあるけど、ごはんを食べたくなる。

「端っこって特別おいしく感じるよねえ」

ぶたぶたももぐもぐ食べていた。鼻の下に玉子焼きが吸い込まれていくみたい。

ミニトマトとブロッコリーで隙間《すきま》を埋《う》めて、ごはんにふりかけをかけて、お弁当は完成した。

「すごい……できた！」

お母さんが作ってくれたお弁当みたいだった。これ、ほんとに莉世が作ったの？

「僕が手伝わなくてもできたね」

「けど、玉子はぶたぶたがいなかったら焼けなかったよ」

よくよく考えれば、全部一人でやるのはまだ無理だな、と莉世は思った。お母さんか、大人の人にいろいろ言ってもらわないと莉世はすぐに忘れてしまう。

ぶたぶたは大人なのかな。声はおじさんだけど。

「ぶたぶたは大人なの？」

「一応ね。小さいけどね」

「ぬいぐるみなのはどうして？」

「うーん、それは難しいな。じゃあ莉世ちゃんはどうして人間なの？」

「……わかんない」

「それと同じってことだと思うよ」

確かに難しいし、莉世が突然ぬいぐるみになったら、と考えると——まあ、ぶたぶたみたいにしゃべれるならなんとかなるかな。みんなびっくりするかもしれないけど、それはそれで楽しそう。

「お弁当食べようかな」

「そうだね。もう十二時過ぎてるし。食べようか」

「あ、その前にお母さんにお弁当持っていかなくちゃ」

「そうだね」

莉世は冷蔵庫から麦茶を出して、ぶたぶたにも注いであげる。お母さんの分もコップに注ぎ、それとお弁当を持って、二人で隣の部屋に行く。

お母さんは静かに寝ていた。枕元にはペットボトルの水が置いてあって、空になっていた。ぶたぶたが持ってきてあげてたのかな？

「お母さん、麦茶だよ」

そう莉世が言うと、目を開けた。

「ああ、莉世……ありがとね」

「お弁当も作ったの。あとで食べてね」

「お弁当……？」

「莉世が作ったんだよ」

ぶたぶたにも手伝ってもらったけど。

「そうなの……？」

莉世は枕元にお弁当を置いた。

「おいしいから食べてね」

「ありがとう……」

お母さんはまた眠ってしまった。二人でそうっと部屋を出る。

台所に戻り、ぶたぶたに、

「お母さん、大丈夫かな？」

とたずねる。お母さんはおしゃべりなのに、あんまりしゃべらなかったから。莉世はちょっと不安になる。

「そうだねえ、さっきお薬も飲んでたから、それでよくなると思うよ」

「そうだよね。莉世もそうだった。お薬飲んだら治ったよ」

「とりあえず、お弁当食べようか。莉世ちゃんもお腹すいたでしょ」

「うん。すごくすいてる」

ぺこぺこだった。玉子焼きの端っこだけじゃ全然足りない。

ダイニングテーブルに座って、二人で、

「いただきます」

と言って、お弁当を食べ始めた。

「玉子焼き、やっぱりおいしい」

まだあったかいお弁当食べるのって初めてかもしれない。

「ほんと？」

「いつもより茶色くて固いけど」

「お母さんの玉子焼きは柔らかいんだね」

「うん、お母さんのも大好き。けど、これも好きだよ」

「そりゃよかった」

ぶたぶたもウインナーを食べている。

「うまく焼けてる。とてもおいしいお弁当だよ」

「そうでしょ？　タコさんもカニさんもかわいい」

カニさんも作れるなんて知らなかった。

「ほんとは黒ゴマで目をつけたりしたかったけど、さすがにゴマの在《あ》り処《か》はわかんないからなあ」

ゴマで目をつけたら、ぶたぶたにそっくりになる。ぶたぶたウインナーもできそう！

「ぶたぶたもわかんないことあるの？」

「そりゃそうだよ。大人だからひととおりのことはできるけど、知らないことはいっぱいあるんだよ。莉世ちゃんのチャレンジ精神を見習いたいくらい」

莉世としては、やっぱりぶたぶたはぬいぐるみで、実は「大人」と言われても信じられないところもあるのだが、莉世よりいろいろできて、しかも上手だったので、そんなぶたぶたから「見習いたい」なんて言われると、なんだかすごくうれしくなる。

「莉世ちゃんは他にどんな食べ物が好き？」

「お肉とお菓子と果物《くだもの》」

「野菜は？」

「野菜はね……あんまり好きじゃないけど、食べられるよ」

お弁当に入っているものは残さないで食べられる。時が多い。

「おお、それはいいじゃない。食べられないものはあるの？」

「魚と納豆《なっとう》はちょっと……」

「あー、納豆はね、大人でもダメな人はダメだからねー」

匂いが苦手なんだよねー。

「ぶたぶたは好き嫌いあるの？」

「僕は何もないよ。なんでもおいしく食べるよ」

それを聞いて、莉世はとてもびっくりしてしまった。

「なんでも食べるのに、そんなに小さいの⁉」

お母さんは「なんでも食べないと大きくなれないよ」って言うのに！

「いやあ、大きくなるために食べたんじゃないからね」

「じゃあ、なんのため？」

ぶたぶたは少し考えて、

「おいしいもの食べてると、幸せな気分になるからじゃないかな」

と言う。

「莉世ちゃんだって、お弁当、お母さんに『おいしい』と思ってもらいたいでしょ」

「うん」

「お弁当って、作る人のそういう気持ちが入ってるから、幸せな気分になれるんじゃないかな」

よくわかったような、それだけじゃないような気がしたけど、莉世は、

「そうだね」

としか答えられなかった。


二人で楽しくお弁当を食べて、後片づけもした。

「本当はおかず作ってる間にフライパンとか洗っといた方がいいんだよ」

そうぶたぶたは言うのだが、莉世にはどういうことかさっぱりわからない。お母さんも同じことしてたか、憶えてないな。

そのあとは、二人でゲームをした。ぶたぶた、けっこうゲームが上手だった。

「家にあるのと同じのだから、慣れてるんだよ」

なかなかうまくいかない莉世が、ムキになってコントローラーを振っていると、玄関のチャイムが鳴った。

「はいは〜い」

莉世は椅子に乗って、インターホンのボタンを押す。すぐにドアを開けちゃいけないって言われてる。

「どなたですか？」

お母さんの真似をすると、

『莉世⁉』

聞いたことのある声がした。モニターには——おばあちゃん⁉　嘘、今日来るなんて聞いてない！　おばあちゃんは遠くに住んでるから、めったに来られないのに。

『莉世、ドア開けて！』

「わかった！」

莉世はあわてて玄関に走り、ドアを開ける。おばあちゃんが急いで入ってきて、莉世をぎゅっと抱きしめた。

「莉世、大丈夫⁉」

「平気だよ、おばあちゃん」

なんか泣いてるし……どうしたんだろう。

「お母さんは？」

「畳の部屋で寝てるよ」

「莉世はここにいなさい。じっとしてるんだよ。家から出ちゃ絶対にダメだよ」

おばあちゃんの怖い声に、莉世は神妙《しんみょう》にうなずく。

奥からおばあちゃんの声が聞こえてきたけど、何を言っているのかわからない。玄関のドアの前でおろおろしていると、ぶたぶたがとことことやってくる。

「じゃあ、莉世ちゃん、僕は帰るね」

ぶたぶたが言う。

「えー、もう？」

「おばあちゃんが来たから、もう大丈夫でしょう。またね」

ぶたぶたは、ぴょんと飛んで玄関の鍵を開けて、振り向いた。

「僕が出てったら、ちゃんと鍵をかけるんだよ」

「わかった」

「じゃあね。さよなら」

「またねー」

ぶたぶたがドアを閉めてから、莉世は鍵を閉めた。

そのあとすぐにおばあちゃんが戻ってきた。

「枕元のお弁当箱は何？」

「お母さんに作ったの」

「莉世が一人で？」

「一人じゃないよ。ぶたぶたと」

「ぶたぶた？」

「もう帰ったけど」

「誰なの、ぶたぶたって？」

「ぬいぐるみだよ。莉世より小さいぬいぐるみ」

それを聞いても、おばあちゃんは首を傾げるばかりだった。


ずっとあとになって、母からこの時の話を聞いた。

母はやはり莉世から風邪がうつり、急な発熱のためにフラフラになっていたという。

莉世をほったらかしにできないと思いながらも、身体が思うように動かない。

ソファーで横になったところまでは憶えているが、そのあと、こんな声を聞いたという。

「薬、飲みますか？」

その声は、莉世が生まれる寸前に亡くなってしまった母の父——祖父の声にそっくりだったという。口調もそつくりだったから、てっきり夢だと思っていたって。

「誰か来てもらえませんか？　お母さんとか」

「お母さんは仕事してるし、来るにしても三時間くらいかかるから……その間、莉世の面倒を誰が……」

家の鍵を開けることを知ってしまい、手の届かないところに別の鍵をつけなくては、と思っていたところだったのだ。勝手に家を出ていってしまったらどうしよう、とくり返し言った。

「莉世ちゃんの面倒は僕が見ておきますよ」

それを聞いて安心し、祖母になんとか連絡したあと、ふーっと眠ってしまったのだそうだ。夢だとしたら全然安心できないので、あとから考えるとおかしなことなのだが、とぎれとぎれに目を覚ますと莉世はちゃんと家にいるし、何やらお弁当がどうこう言っている。その時は、祖母が来たとばかり思っていた。夢の中で電話したんだから、来るはずないのに、熱でだいぶ混乱していたらしい。

莉世は一人だった、と祖母が言っていたので、母はそう信じているようだったし、なんとなく莉世も言いそびれてしまい、ぶたぶたのことは母にちゃんと話したことがなかった。母は夢だと思っているみたいだし、莉世の記憶もだいぶ薄れているので、わざわざ話すつもりもなかった。

母は「あの声」を祖父のものだと思っているみたいなのだ。祖父が助けに来てくれた、と思っているみたい。あとから近所の人が窓から、莉世が一人で外を歩いていたのを見ていたことがわかり、すごく叱られたのだが、莉世が家に戻っていくところもその人は見ていたらしい。引き戻してくれたのは祖父だと、やっぱり母は信じているみたい。

莉世も、もしかしてそうなのかな、と考えたりする。祖父のことはよく知らないが、そういうことってありそうなお話だ。声が似ているなんて、感動的ではないか。

でも莉世としては、動くぬいぐるみが本当にいたと——こっちの方をずっと信じている。料理ができて、ゲームもうまかった。今でもたまに思い出す。楽しい不思議な時間だった。

お弁当を作っていると、そんなことをいつも思い出す。朝がつらくても、あの時のことを考えてるとなんだか楽しくなってくる。

あれから莉世は、納豆も野菜も食べられるようになった。魚はまだ苦手だけど、食べられないことはない。料理のレパートリーも増えた。ぶたぶたは料理上手だったんだろうか。どう考えてもそんな感じだった。

今から考えるとあの時のお弁当は、まずくはないが、特別おいしくもない、という出来だったと思う。変なもの食べさせちゃって悪かったなあ、とたまに反省する。

でもあの優しいぬいぐるみは、あの時の莉世のお弁当を、どんなにひどい出来でもきっと「おいしい」と言ってくれたに違いない。それは、「具合の悪いお母さんに食べさせたい」と思ってがんばって作ったからだ。あの時、ぶたぶたが言っていたのって、そういうこと？

もう十年も前のことだけど、あのぬいぐるみは元気でいるのかな。今もおいしいものを作っているんだろうか。料理上手っぽかったから、もしかしてプロだったのかな、と莉世はずっと思っている。

どこかでぬいぐるみがやってるお店があったりなんかして。

莉世は密《ひそ》かに、そんな店を探していた。もちろん、まだ見つからない。ぶたぶたはプロじゃないかもしれないし。

でもいつかまた出会えて、その時もしお店とかやっていたら、母と祖母を連れて食べに行きたいって思う。二人の驚く顔が見たい。

そして莉世は彼に、

「あの時、助けてくれてありがとう」

ってちゃんと伝えるんだ。

ぶたぶたのお弁当

本間聖乃《ほんまきよの》の職場は小売業《こうりぎょう》なので、このご時世でも在宅勤務などはない。それはそれでいい（しょうがないわけだし）。でも、昼ごはんもなるべくおしゃべりしないで食べなければならないのが、少しだけつらい。前はたまに外に食べに行っていたけれど、今はあまり時間に余裕がないし、こちらとしても行くのをやはり躊躇してしまう。

職場の人と他愛ない話をしていたのが、少しはストレス解消になっていたのかも——と、窓の開いた休憩室でもそもそと弁当を食べる。離れて座って、手早く食べて、しゃべる時はマスクをして。これがあとどれくらい続くんだろうなあ、と思いながら。

弁当も最近は手抜きだ。だってそんなに見られたりしないから。見栄《みえ》を張っていたとかそんなんじゃないけど、以前はおかずを交換したり、レシピを教えたりしていたから、なるべく彩りをよくしてそれなりに盛りつけていたのだ。

それも一つのささやかな楽しみだったんだな。おかずはもちろん家族のと同じものだけれど、家族に作るのと自分のに張り切るのとではまた違う。張り切れる状況というのがなくなったってことだ。

今は茶色一辺倒《いっぺんとう》。ごはんの上におかずを適当に載せるだけだったり。食べてしまえば同じだから、大したことじゃないけど、大したことじゃないからこそ、気をつかわないのが寂しい。

いつかまた以前のような状況が戻ってくるはずだけど……。

ため息をついてお弁当のふたを閉める。なんだかんだで完食。食欲は衰《おとろ》えない。おいしく食べられるのはいいことだ、と思っておこう。

そんなある日、店長から、

「明日から新しい人が入ります」

とメッセージが来た。

以前のように朝礼でみんなに紹介というようなことは、コロナ禍になってからできなくなったので、メッセージアプリのグループに投稿されたのだ。直接関係ある人にはちゃんと紹介しているだろうけれど、業務上接触がなさそうな人にはこれで終わりだ。もちろん歓迎会も無理。小さな店なので、親睦《しんぼく》を兼ねた飲み会やお茶会は頻繁《ひんぱん》にやっていたのだけれど。

「チラシ作ってもらう人を雇《やと》いました」

ここは小さな個人経営のスーパーだが、地域ではすごくがんばっていて、評判もいい。その理由の一つに、個性的なチラシがあった。

創業《そうぎょう》当時は初代オーナーが手書きで作っていたようだが、その手作り感とちょっと変わった商品コピーを歴代《れきだい》の店長が引き継いで作っているのだ。現在は手書きではなくパソコンで作っているが、この状況下で店の人間がやるべきことが爆発的に増えたので、現オーナー（初代オーナーの娘）がチラシ作りの専門家を探してきたらしい。

「専門家……？」

「いや、それはオーナーがそう言ってるだけで。何を売るとか値段とかは僕が考えますよ。だいたいのラフを渡して、デザインしてくれる人が来るんですって」

店内で会った店長にたずねると、そう答えた。

確かに、チラシ作りはけっこう手間《てま》がかかるらしい。聖乃はよくわからないのだが。

「とりあえず、しばらくの間ってことだけど」

店長は少しほっとした顔をしていた。彼が大変なことは従業員みんな知っている。オーナーも人員を増やしてはいるが、なかなかよい人が見つからなかったり、すぐに辞《や》めてしまったり。

今度の人、いい人だといいな、と聖乃は思う。ここは気持ちよく働けるところだ。現場のパートやバイトの意見をすぐに取り上げてくれるし、お客さんも古くからの常連だけでなく、SNSを上手に利用して若い人も増やしてきた。いくつかパートをしたが、ここほどストレスが少ないところはない。特に人間関係で。時給《じきゅう》とか福利厚生《ふくりこうせい》とかやりがいとか、選ぶべきものはいろいろあるだろうが、人間関係が良好《りょうこう》なところが総合的に見て一番長く働けると聖乃は思っている。

その良さをわかってくれる人が来てくれるといいんだけど。

新しい人が来る日も、スーパーは朝から超《ちょう》忙しかった。

事務所の掲示板スペースに最新の連絡事項が貼り出されている。聖乃はそれを読むのが好きだった。なんとなくなつかしい。学校の壁新聞みたいで。

そこで、新しく来る人の名前がようやくわかる。

山崎ぶたぶた

男性か女性かわからない。

いやいや、ツッコむのはそこじゃないな。「ぶたぶた」ってすごい名前だが……何か理由があって、ペンネーム使ってるのかな？　割とワケアリな人を雇うのもここの特徴だったりする。みんな詮索《せんさく》しないし、気にしない。

なんのペンネームかな。マンガ家さんにいそう。小説家？　いや、どっちかっていうとエッセイストかな？　もしかして取材？　ライターさんなら、ありそうな名前だ。

ちょっとわくわくしながらも、基本はチラシ作りというか、つまりはパソコン作業全般、裏方さんなので、売り場に出ている聖乃には接点がなさそう。

ご挨拶もばったり会ったら、という感じかなー、と思いながら、午前中の作業をこなす。セール中なので、とても忙しい。人が多いから緊張もするし、消毒作業も増える。

へとへとになって、お昼を食べに上階のバックヤードへ戻る。

なるべく時間をズラしてかち合わないようになっているので、休憩室には聖乃一人だった。長机に座って、ほっとため息をつく。今日も手抜きのお弁当だが、さっさと食べて仕事に戻らないといけないから、ちょうどいい。

「あ、すみません。お先にいただいてます」

どこからかそんな声がした。中年男性の声だが、え、聞き憶えないな……。

室内を見回すと、斜向《はす》かいにぬいぐるみが座っていた。薄ピンク色のぶたのぬいぐるみだ。大きさはバレーボールくらい。黒ビーズの点目に突き出た鼻。大きな耳の右側がそっくり返っている。

そんなぬいぐるみが、本当に行儀《ぎょうぎ》よく座っているようにしか見えない。誰が置いたの？

と思ったら、ぬいぐるみは椅子の上ですっくと立ち上がった。び、びっくり……！

悲鳴《ひめい》が出そうになってしまった。

「はじめまして、山崎ぶたぶたといいます。今日からお世話になります」

突然、そんな声がする。と同時に、ぬいぐるみの鼻先がもくもくっと動いていたような気がするのだが。

「え……」

聖乃は持っていたお弁当の包みをぽとりと落としてしまった。テーブルの上にだけど。

「すみません、わたしがぬいぐるみだってご存知《ぞんじ》なかったですか？」

すごく変な質問をされた、と冷静に思う。ありえない質問でしょ？　普通「この新人さんはぬいぐるみです」って書いてある方がおかしい。新人さん……でも、声はおじさんだったな。経験者なんだろうか――と妙にいろいろなことを考えてしまう。

はっと気づくと、ぬいぐるみが質問に答えてほしそうな顔でこっちを見ている。そんなことありえないと再び思いつつ、なんだかそのつぶらな点目を見ていると答えなくてはいけない気がしてきた。

「あ、あの……事務所にはお名前だけが……貼ってありまして」

「あー、まあそうですよね。そういう辞令《じれい》みたいなものに『この人の見た目はぬいぐるみです』なんて普通書かないですよね」

ぬいぐるみの目間に、きゅっとシワが寄った。それを見て、聖乃は突然ゲラゲラ笑ってしまった。まるで発作《ほっさ》みたいに。ぬいぐるみのシワだけでなく、こっちが考えていたのとすっかり同じことを言われたのが、異様におかしくて。

他に誰もいなくてよかった。多分バックヤードにもほとんど人がいなかったか、何か作業していて聞こえなかったか――とにかく誰かが駆け込んでくることもなく、聖乃はしばらく笑い続けた。

「だ、大丈夫ですか？」

なんだか引いてそう。よく考えたら、初対面《しょたいめん》の人にいきなり笑われたわけで……失礼なことをしてしまった。ぬいぐるみとはいえ。

「すみません……」

ようやく落ち着いてきた。

「失礼しました……」

「いえいえ、笑われるってあまりないので」

そうなの？　いやいや、普通の人だったらそれも普通……。普通ってなんなのかわからなくなってきたけど。

「ごめんなさい……変な辞令の貼り紙を想像しちゃって……」

細かいことを言うと余計ややこしくなりそうなので、そう言っておいた。

「ほんと失礼しました」

「気にしないでください」

顔のシワは消えていて、そのかわりにっこり笑ったように思えた。

「お昼の休憩にいらしたんでしょう？　どうぞ、召し上がってください」

「はい、では——」

お弁当を出そうとしたが、ちょっと躊躇する。今日はおにぎり一つだけ。おかずを入れた特大おにぎりだ。家族のお弁当に入れた焼鮭のかけらと唐揚げとひじきをめんどくさいから全部入れて握ってきてしまった。それを大きな海苔《のり》でくるんだ真っ黒な爆弾《ばくだん》みたいなおにぎり。これを入れた風呂敷《ふろしき》を棒にくくりつけると、家出少年みたいになるな、と思っていたりして。

そういえば。

「あの……もしかして、お弁当、ですか？」

ぬいぐるみの前にはお弁当箱が置いてあった。ふたが開いている。

ごはんの上には、ラップでくるんだ肉野菜炒《いた》めみたいなのが載っていた。あとはふりかけ。なんだかすごくシンプルなお弁当だった。こっちのおにぎりの方が手をかけていると思ってしまうくらいの。

「あ、そうです」

弁当のシンプルさに気を取られていたが、あれ、もしかして食べるわけ？　お弁当を？

いや、食べないのならなんで置いてあるのか、ということで……。

なるべく考えないようにして、聖乃はテーブルの上にある真っ黒なおにぎりを包んだ風呂敷を引き寄せる。

「それが今日のお弁当ですか？」

「そうです」

やっぱ変だよね。

「それ、棒の先につけて持つと——旅に出られそうですね」

「あ、そうなんです！」

人に言っても伝わらないと思っていたのに、このぬいぐるみには通じるみたい。もっと言えば、これってこのぬいぐるみにちょうどいい大きさだ。壮大《そうだい》な冒険の旅に出るぬいぐるみの主人公が頭に浮かび、また聖乃は笑いそうになるが、かろうじて微笑《ほほえ》みだけでこらえた。

ぬいぐるみなのに、けっこう考え方似ているのかも、と急に親《した》しみを持ってしまう。

風呂敷を解《ほど》くと出てくる大きなおにぎり。これ一個だけ、というシンプルさでいえば、やはりこっちの方が勝っているかもしれない。

「あ、爆弾おにぎり……」

ぬいぐるみがぼそっとつぶやく。

「よく食べますよ、僕も」

「そうですか？」

「いろいろ入ってるんですよね？」

「ええ。今日は唐揚げと鮭とひじきです」

我ながら適当な具だ。

「そりゃ完璧《かんぺき》だ」

「いいえー、梅干しも入れてくればよかったなって思ってて」

そう言って二人で笑った。

ぬいぐるみが持ってきたお弁当みたいなのもよく作ると言いたかったけれど、なんとなく躊躇してしまう。いかにも独身の中年男性が作るようなお弁当だと思ったからだ。

でも、汁が染みないようにラップでくるむだけいい。聖乃だとそのまま載っける。どうせ食べちゃえば同じだ。

「いただきます」

ぬいぐるみはそう言って、本当にお弁当を食べ始めた。

箸入れから箸を出し、柔らかそうな手（ひづめ？）の先でぎゅっと握り、まずはふりかけがかかっているごはんをひと口、鼻の下に押しつけた。開けた口は見えないが、ごはんはすっと消えてしまった。すごい。食べてるようにしか見えない。

次に肉野菜炒めをひと口。もぐもぐと頬がふくらむのが不思議だ。

量的にはどうなんだろう。ぬいぐるみとして多いのか少ないのか。あのお弁当箱は、聖乃も同じくらいのものを持ってて重宝《ちょうほう》しているが、ちと大きめだろうか。

とはいえ、自分の爆弾おにぎりも、けっこう……正直、引くくらい大きいのだが。

おにぎりをぱくつきながら、ぬいぐるみをちらちらと見る。彼のお弁当がすごくおいしそうに見えるから。

ちょっとうらやましくすらあった。食べることをとても楽しんでいる感じがするのだ。たとえ適当なお弁当であっても、楽しく食べられるだけで全然違う。上等で高価な料理だってつまんなそうに食べれば、味だってそれなりになってしまう。

自分のおにぎりだって残り物なのは確かだけど、こういう真っ黒なおにぎりが好きなのは、小さい頃の遠足の時のおにぎりを思い出すからだ。聖乃の母は、なぜか三角におにぎりを握れず、いつも丸型だった。丸くしか握れないことに多少コンプレックスがあったのか、おにぎりのお弁当は遠足の時のみで、そのかわり海苔を気前よく巻いてくれていた。

聖乃は三角にも俵型にも握れるが、こういう大きなおにぎりの時は、いつも丸くしている。遠足の時、同級生の男の子に「爆弾みてー！　かっけー！」と言われたことを思い出し、微笑みながら握るのだ。

そんなことを考えながら、お昼を食べ終わった。そういえば、マスクなしでついしゃべってしまったけど……ぬいぐるみだから、大丈夫なのかな。まあ、食べている時は黙っていたし。それは他の人でも同じだ。マスクをして離れて、食べる前にちょっとだけおしゃべりをする。それがすっかり休憩時の習慣になっていた。

知らない人としゃべるのは、仕事では仕方ないけれど、正直今はちょっと身構える。しかし、このぬいぐるみにはそんな思いを抱《いだ》かなかった。

まあ、ぬいぐるみだから、と言ってしまえばそのとおりなのだが……でも、それだけじゃない気もする。同じようなこと考えてるように感じるからなのかな。

それから何度かぬいぐるみ――ぶたぶたとお昼をともにした。

たまに他の同僚や店長なども交《ま》じって、静かに、しかしなごやかなお昼休みを過ごした。

みんな最初は彼に驚いたみたいだが、聖乃のようにすぐに慣れた。ぶたぶた、コミュ力がすごい。誰とでも仲良くなれるし、みんなに優しいし、話が面白い。しかも見ているだけでかわいく、癒《い》やされる。パーフェクトな存在なのだ。

仕事の点でも、店長の負担はだいぶ減ったらしい。店長やオーナーの要望をしっかり活《い》かし、パソコンに入っているデザインアプリを上手に使って、きれいにチラシを仕上げる。その他のパソコン作業やSNSの「中《なか》の人《ひと》」としての管《かん》理《り》、電話の応対、事務所の雑《ざつ》務《む》などもさくさくやってくれる。

何か資格でも持っているのか、それとも事務の経験が長いのかと思ったのだが、

「事務仕事はほとんどやってなくて。ただパソコンはまあまあ使ってましたね」

話を聞くと、オーナーと知り合いなのだそうだ。どういう仲なのかは、聖乃はまだ知らない。詮索するつもりもないから、別にいいんだけど――まあ、正直なところ、ちょ

っと気になる。人間じゃないからかな。そういう単純なことなのか。けどしゃべると人間みたいだし……やっぱり詮索はできない。

お弁当は相変わらず適当なおかず一品とごはんのみだった。聖乃が似たようなお弁当を持ってきていた時は、なんとなく恥ずかしく思い、隠すまではいかなかったが、早めに食べ終えるようにしていた。

しかしぶたぶたは、いつもおいしそうに、そしてとてもごきげんに食べている。ごきげんというか、楽しそうというか——もっと言ってしまえば、うれしそうというか。どうしてなんだろうか。見た目に反して、すごくおいしいのかもしれない。

そこまで考えてはっとする。あのお弁当は誰が作っているのか。

あのお弁当は、いかにも料理に慣れていない、だが弁当を持ってこようとがんばる人のものに見える。あの声のとおり、聖乃と同世代の中年男性なら、素直に彼自身が作っていると思えるだろう。

でも、彼はぬいぐるみなのだ。まさか料理なんてするはずないっていうか、できないだろう。いや、あのくらいならできるのかな？　食べられるのなら、作れるのかもしれない。もしかして勉強中？　けどガスなんて使えるの？　ＩＨコンロ？

そういう問題じゃないか……。だいたいコンロにも流しにも背が届かないではないか。とはいえ、自作じゃないのならなんなの？　家族がいるの？　ぬいぐるみの家族？まさか……愛妻《あいさい》弁当？　だからあんなに楽しそうというか、うれしそうなのか？しばしぬいぐるみ家族の楽しい生活を想像して、気持ちが癒やされる。きっと毎日ほのぼのとしているんだろうな。怒ったりすることもなく、悲しいこともなく、きっとお金や健康の心配もしなくていいんだ。人間とは別世界みたいな日々を送っているに違いない。

それはいくらかうらやましくもあったけれど、聖乃自身と重なるところがまったくなかったものだから——童話《どうわ》みたいだな、としか思えなかった。それ以上想像するのは、聖乃には無理だった。

とはいえ、そんなぬいぐるみがスーパーでパソコンいじって仕事をしている、というのも変なのだが、それはいくら考えてもわからない。

ぶたぶたはこの街に住んでいるわけではないらしい。バスで通ってくると聞いた。中でもみくちゃになってはいないだろうか。聖乃はバスを使うことがあまりないから、どのくらいの混みようなのかわからない。

「バスで通うのって自分としても初めてなんですよ」

ぶたぶたが言う。

「そうなんですか？」

今日のぶたぶたのお弁当のおかずは、玉子焼きとミニトマトだった。玉子焼きには何か（ツナかな？）混ぜてあり、ところどころ焦げていた。フライパンで適当に焼いてまとめただけみたい。でも、ツナ入りの玉子焼きっておいしいよね。ミニトマト添えるのなら、トマトと玉子を炒めてもよかったのに。けど、アレちょっと水気《みずけ》多いんだよなあ。

「前は家の近所で働いてたんで」

何なさってたんですか？　と訊くのはこの流れでは自然かもしれないが、最近は意識的にそういう会話をしないようにしていた、と気づく。

このスーパーで働くまで、けっこう無神経《むしんけい》に訊いていたように思う。気になると訊かずにはいられなかったから。

聖乃自身は至って平凡だ。家族は夫と子供二人。出産を機《き》にパートに転じ、家事と育児に励んできた。このスーパーに入ったのは偶然で、募集広告を見て応募しただけだ。

近所だから、というだけの理由で。

だがこのスーパーの働きやすさに、初めて「辞めたくない」という気持ちが生まれた。今まではすべて「いやなら辞めればいい」と思いながら働いていたし、実際そういう職場も少なくなかった。ここだって主に立ち仕事だし、いつも忙しいし、時給だって特別いいわけではない。

なのにどうしてこんなに働きやすいのか、と考えてみたら、周囲の人との距離感が心地いい、とわかった。飲み会は強要しない、目標はあるがノルマはない、声掛けが丁寧《ていねい》、サービス残業もない、そして、人に対して詮索をしない。

以前だったら一種のコミュニケーションとしてたずねていたプライベートのことは、本人から話すのを待つ。少しでも渋《しぶ》るようならそこでやめる。

相手を知ることで職場が円滑《えんかつ》に回ると思いこんでいたので、ここで働き出すより前、自分がそういうことをされていやな気分になったというのすら忘れていた。

でも、ぶたぶたに関しては気になって仕方がない。これは詮索好きというより、好奇心――のはず。だって、こんなに存在自体が謎の人なんて、初めてだ。彼の何もかもが気になる。知りたい。我慢しているけど、ほんとはいろいろ訊きたい。

多分オーナーは、そして店長もいろいろ知っているんだろうけど、二人とも迂闊《うかつ》にしゃべる人ではないので、ぶたぶた本人が言う機会が来なければ、ずっとわからないままだ。

もっか聖乃が夢中になっているのは、「あのお弁当を詰めているのは誰か」という妄《もう》想《そう》だった。ぬいぐるみの家族がいる、というところまで想像はしたのだが、みんな同じような大きさだとやっぱりコンロに手が届かないから、人間と住んでいるのかも、と思い始めている。

しかしそれなら、お弁当はもう少しきれいに詰めるんじゃないかな。

はっ！　女性と住んでいるとは限らない。やはり料理が苦手な男性と暮らしているのかも。

もしかして、ぶたぶたと同世代のおじさんとルームシェアしてるとか？　あの独身男性っぽいワイルドな弁当はいかにも、という感じだ。作るだけ偉い、と思ってしまうけれど。

どっちしろなんだか楽しそうだな。聖乃は自分の、平凡という言葉でしか言い表せないが、その実あくせく働かなければ気持ちが落ち着かない毎日を思うと、少しため息が出る。ぶたぶたは、見ているだけで楽しそうで、聖乃にも少しそれを分けてもらえる気がしていた。

そんなふうに見ているだけでもいいはずなのに、どうしてもっと知りたいと考えてしまうのかな。

そんなある日のお昼近く。外で日曜特売の野菜を補充《ほじゅう》していると、なんだか話しかけたそうな女の子たちがこっちを見ていた。そういう人ってなんとなくわかる。接客業が身についてきたってことかしら。

一人は中学生くらい、もう一人は小学生かな。顔が似ているので、多分姉妹《しまい》だろう。

「何かお探しですか？」

店内にいるわけではないけど、困っているようにも見えたから、声をかけた。

「あ、いえ、ちょっと人を待ってるんです」

「中にいらっしゃるお客さまですか？」

「そうじゃないんですけど」

あ、ただここで待ち合わせしているだけなのかな。勘ははずれたか。

「失礼しました、ごめんなさいね」

そう言って、聖乃は仕事に戻る。

姉妹らしき女の子たちは、そのままずっと立っている。小さい子がお姉ちゃんに小声で話をしているが、当然聞こえないし、本当に困った顔になってきたような——。

「あのう……」

ついに声をかけられた。

「はい、なんでしょう？」

「山崎ぶたぶたって人が、ここで働いてますよね？」

「山崎さん。どのようなご用件ですか？」

「あの……届け物があるんです」

子供がぶたぶたに届け物を持ってきた——童話なら間違いなくほのぼの展開だ。逆ならなおいい。でも今はそれは関係ない。

どうしようかな。今日の勤務は午前中だけで、そろそろ終わりだから、呼びには行けるが。

本当は安易にいるって言っちゃいけないのだ。今どきはいろいろと配慮《はいりょ》しなきゃならない。もちろんこの子たちが悪いわけじゃない。そう決まっていることなのだし、そんなふうに気をつかうからこそ、ここは安心して働けるところなのだ。

「ちょっとお待ちくださいね。確認してきます」

聖乃は急ぎ足で事務所へ向かった。ぶたぶたがいれば、女の子たちのことを説明できるな、と思って。

ところが、事務所にぶたぶたはいなかった。いつも彼がクッションを重ねて座っているパソコンの前も空っぽだ。

きょろきょろとのぞきこむ聖乃を見て、オーナーが、

「どうしたの？」

と声をかける。

「あの、ぶたぶたさんは……？」

「ああ、ぶたぶたさんは今日外にごはん食べに行きましたよ」

「そうなんですか⁉」

思ったよりも大きな声が出てしまう。そんなの大して驚くことでもないのに。けど、お弁当だけでなく、外食とは！　いや、誰だってしていることなんだから、ぶたぶたが

やってても全然おかしくない。

「何かあったの？」

「いえ、あの、外でぶたぶたさんに届け物があるっていう人がいて」

「届け物？　どんな人？」

「子供です。中学生と小学生くらいの女の子二人」

「えっ、それってもしかして――」

オーナーが窓から外を見る。ちょうど女の子たちが見えたからか、あわてて事務所を出ていく。

なんだろう。聖乃は窓から外を見る。すぐにオーナーが姿を現し、女の子たちに近寄っていった。

そして、何やら紙袋を受け取ると、彼女たちはオーナーにペコリと頭を下げて帰っていった。

あー、あたしが対処すべきだったろうか、と思ったが、オーナーはすぐに帰ってくる。

「ごめんね、勝手に話しちゃって」

「いえ、どなただかわからなくて――」

「あの二人は、ぶたぶたさんのご家族なの。忘れたお弁当を届けに来てくれたみたい」

「えっ」

ぶたぶたさんのご家族？　っていうことは――どういう関係？　ぶたぶたの声とあの女の子たちの年齢からすると……まさか娘？　もしぶたぶたが人間だったら、まさにそうとしか思えないが。

でも、あの子たちは子供だから、本当のお父さんじゃなくてもぶたぶたがお父さん的な立場なはずだ。だって彼は働いている。あの子たちは学校へ行って勉強するのが本分《ほんぶん》なんだから。今日だって、日曜日だから届けに来てくれたわけなんでしょ？

オーナーは、紙袋に付箋《ふせん》を貼っていた。誰もいなくても、誰のものかわかるようにしているのだ。

そこにはこんなふうに書いてあった。

ぶたぶたさんへ
ご家族がお弁当を届けてくれました

中をそっとのぞくと、見憶えのある布に包まれたお弁当箱が入っていた。そしてなぜかスマホも入っていた。何これ。

スマホはよくわからないが……とにかくせっかく届けてくれたのに、ぶたぶたは外にごはんを食べに行ってしまった。

お腹いっぱいで帰ってきたら、このお弁当はどうなるんだろう。なんだか切ない。

着替えている最中も、ずっと気になっていた。あの女の子たちは、どんな気持ちで届けてくれたんだろう。お昼に合わせてちゃんと持ってきたのに。ぶたぶたがいないことにもがっかりしたのではないか？　窓からは見えなかったけれど。

「お先に失礼します」

オーナーに挨拶をして、スーパーから出る。午後、施設《しせつ》に入居している父とのリモート面会があるのだが、時間には余裕がある。久しぶりに外食をするか、それともいい天気だから、何か買って公園で食べようか――とさっきまでは考えていた。

しかし今は、足が駅へと向かっている。

外食をするなら、やはり駅前のあたりだろう。雑談中に「この近辺《きんぺん》のおいしい店」をぶたぶたに教えてあげたことがある。休業したり、テイクアウトのみになったり、営業時間が変わったりしているが、一応みんながんばっている。そこのお店で、ぶたぶたは昼食を食べているのだろうか。

聖乃はそれらの店の前で中をのぞきこんだ。小さくて見えない可能性もある。だが、確かめるために入ることははばかられる。

いくつか巡ったが、結局ぶたぶたの姿は見つけ出せないまま、空腹を抱えとぼとぼと駅まで戻ってきた。すすめた店に行かなかった可能性だって当然ある。他においしいところとか、気になるお店はあったかな——と寄りかかるベンチで考えていると、目の前のバスからぶたぶたが降りてきた。

「えっ」

思わず声が出てしまう。周囲の人、気づいているの？　けどそんな観察している余裕は、こっちにもない。

「あ、本間さん。どうしたんですか、こんなとこで」

ぶたぶたはすぐに気づいた。え、バスに乗るようなところで外食してたの？　そこまでして食べたいおいしい店でもあるんだろうか。

「あの、今日は午前中だけで」

「あー、もうお帰りなんですね。お疲れさまでした」

「ぶたぶたさん、これからスーパーへ戻るんですか？」

「はい」

「あのー、さっき女の子たちが、スーパーにお弁当を届けに来てくれたんですよ」

「え？」

かなりびっくりしたような顔をしていた。

「中学生と小学生くらいの、姉妹らしき女の子です」

「えー、ほんとに？　あっ、そうだ。スマホを事務所に忘れてて」

あのスマホ⁉　あれは拾ったオーナーが入れておいたものか。

「連絡くれていたのかも」

連絡がつかないから、あの子たちは困ったような顔をしていたのか。

「ぶたぶたさんのお弁当……あの子たちが作ったものなんですね」

聖乃は言う。

「あっ、そうです。よくわかりましたね」

そう言われて、余計なことを言ったかも、と恥ずかしくなる。観察してたの、バレたかな。

本当は、ぶたぶたに謝りたかった。あのお弁当に対して、勝手な決めつけばかりしていたから。そして、あのお弁当を作ったのはあの女の子たち――もっといえば、小さい子の方が作ったものに違いないとわかったから。

まだ料理に慣れない小さな子供では、おかずもたくさん作れないし、うまく盛りつけもできない。お弁当なんて前日の残り物でもいいのに、何か作ってあげたかったんだろう。だからぶっつけ本番、渾身の一品だけ。

でもいつも、すごくおいしそうだったし、ぶたぶたも楽しそうに食べていた。

「毎朝早起きして作ってくれてたんですけど、今朝は日曜日だから寝坊しちゃってね。まだ寝てる間に出てきちゃったのに、そのあとに作って、二人で届けてくれたとは」

なんだかうれしそうにぶたぶたは言う。

「お昼食べちゃったんですか？」

「いえ、まだです」

むりやりお弁当も食べそうではあるが。

「え？　けどバスで――」

はっとなったが、

「ちょっと、前に働いてた店に行ってたんです」

「お店？」

「わたし、前は飲食店やってたんです」

ああ、そうなのか……。

「たまに行っては、少しずつ再開する準備をしてるんですけどね」

しばらくの間、というのはそういうことだったのね。子供も小さい。大人に見えないけれど大人のぶたぶたは、家族のために働かなくてはならない。

あの子たちがぶたぶたとどういう関係かわからないが、多分親子みたいなものだろう、と聖乃は考えていた。そうじゃなきゃ、あんなお弁当作ってくれない。

なんとなくだが、聖乃はぶたぶたが一人でないことに安心をしていた。本当に謝ろうかと迷ったけれど、それは彼を戸惑わせるだけだ。以前の自分だったら、きっと思ったことを口に出していただろうが、いくらか分別《ふんべつ》もついたみたい。謝るのは心の中だけにしておこう。

そのかわり、こんな質問をした。

「再開……目処《めど》はたったんですか？」

そうなったら彼はスーパーを辞めてしまうのだろうけど、それは仕方ない。最近若いスタッフがいろいろ教えてもらっているらしいし。ぶたぶたは、教え方もうまいのだ。

「そうですね。まだいつとは言えませんが、なんとかなりそうです」

ぶたぶたの点目が潤んでいるように見えた。

「再開したら、みなさんに来てもらいたいです」

「行きます、行きます」

みんなでわいわい押しかけることができるようになれば、毎週だって行く。それが無理な時期でも、分散して行けばいい。

ぶたぶたのことを知りたい、と思っていたけれど……聖乃はなぜか満足していた。これ以上、確かめる気もなかった。あの子たちが彼の娘たちなのかどうかもわからない。でも、家族だというのは（オーナーから言われただけでなく）、本当のことなんだと信じられる。

飲食店ということは――ぶたぶたは何をしているのか、というのがまた謎なのだが――きっとお店へ行けば、わかるだろう。それが近い未来の楽しみに思えた。

「お弁当のこと知らせてもらって、ありがとうございます。帰って食べますね」

お弁当が無駄《むだ》にならなくてよかった。

「はい、いってらっしゃい。また明日もよろしくお願いします」

「はい、じゃあまた明日」

ぶたぶたの後ろ姿を見送っていると、お腹がぐうと鳴った。さて、お昼は何にしようかな。明るい気分で聖乃は歩き出した。

相席の思い出

その日、太明《たいめい》が行ったのは評判の天丼《てんどん》専門店だった。下町の裏通りにある知る人ぞ知る名店。提供される天丼は松竹梅の三種類だけ。特に松が人気らしい。

出張の楽しみといえば、昼飯だ。東京でおいしいと言われている店をピックアップして、時間が合う時は訪れている。夜は仕事がらみの接待《せったい》か飲み会ばかりで、自分の食べたいものは二の次だったから、昼だけは一人で食べられるように工夫していたのだ。忙しくて食べそびれたり、出張先の人と行くことも多かったけれど。

今日もなんとか時間を作って、前から行きたかったこの店を訪れた。

昼の開店時間に合わせて行ったので、行列はまだ短い。古びた日本家屋風の店内はもういっぱいのようであるが、それも込みの想定内だ。のんびり並んで待つことにする。

何を食べようかな。ネットで調べたところによると、松はいつも穴子《あなご》で、竹はその日仕入れたおすすめの白身魚《しろみざかな》、梅は季節の野菜やきのこなどだそうだ。エビやイカ、定番の野菜天ぷらの上にそれらがトッピングされて、けっこうなボリュームらしい。穴子が特に大きいらしいので、値段や食材というより単純に量の順番ということなのかもしれない。

うーん……腹は減っているが、ここのボリュームがどのくらいかわからないし……ごはんもけっこうあるらしい。初めて来て減らしてもらうのはなんだか悲しいし——とさんざ悩んだ末に、やはり今回は真ん中をとって竹、と決めたところで、

「どうぞー」

列が動き始めた。店前の看板に今日の白身魚と季節の野菜が貼り出してある。やはりこの時季はキスだ。ど定番だが、太明の好物なのでとてもうれしい。野菜は新玉《しんたま》ねぎ。これも甘くておいしいんだよなー。

「相席《あいせき》になりますー」

ちゃきちゃきと案内された席に座り、

「竹ください」

と注文してから上着を脱《ぬ》ぎ椅子にかけて、荷物をカゴに入れてほっとひと息つくと、目の前にぬいぐるみが置いてあるのに気づいた。

正確には、椅子に座っているような状態で置いてあった。まるでクッションでも敷《し》い

ているような高さだ。

この席の人は、トイレにでも行っているのだろうか。その間、番をさせているのか。席には他に何も置いていないようだけど。荷物も上着もないのかな。別に空っぽの席のままでも大丈夫だろうが。

そう思ってじっと見つめていると、ぬいぐるみがその視線に気づいたように、かすかに鼻先が動いた。

え、風で動いたのかな。そんなわけないか。混み合っているが、窓際の席でもないし、ましてや窓も開いていない。

目の錯覚《さっかく》かな、と思ってコップの水を飲み、テーブルに置こうとしたら、手が滑《すべ》って倒れてしまった。半分以上減っていたので下に落ちたりはしなかったが、テーブルの上は水浸《みずびた》しになる。

あわてて拭《ふ》こうとすると、それより先におしぼりを置かれた。店の人素早い、と思ったら、顔を上げると水をせっせと拭いているのは向かいのぬいぐるみだった。ぬいぐるみの前に置かれていたおしぼりで水を吸い取っている。

「あ、すみません……」

とっさに謝ってしまう。とにかく水を、水をどうにかしなければ。

「大丈夫ですよ。だいたい拭けました」

お店の人もやってきて、乾《かわ》いた布で拭いてくれる。

「すみません……」

普段やらない失敗に、太明はちょっと落ち込む。見慣れないものに目が行ったからだろうか。

「他に、濡《ぬ》れているところはないですか？」

「はい、大丈夫です」

「ぶたぶたさんは？」

「平気です」

向かいのぬいぐるみが口をきいた。自分と同じくらいの年代——中年男性の声だった。

名前を呼んでもらっているということは……まさか常連？

「あ、あの、申し訳ありません……」

お店の人が行ってしまってから、改めて謝る。

「いえいえ、そんな」

太明は周囲にさりげなく目を凝らす。さっき店の人がテーブルを拭いている時、ぬいぐるみが周りに会釈しているのを見たのだ。「お騒《さわ》がせしてすみません」というのはこの場合、太明の役目ではあるが、なんとなくそうではないように見えた。例えるなら、「あ、あなたもいらしてたんですか」みたいな挨拶のような。

おそらく周りのほとんどは常連であろうと思われるし、それらの人たちにとってもこのぬいぐるみは常連であると認識されている、らしい。

太明は、こういう相席の時、相手が常連とわかると必ず話しかける。たいていは快く相手をしてくれるし、何がおすすめか、その人は何が好きか、空いている時間帯や通《つう》の組み合わせ、次に来たら絶対に食べようと思うおすすめメニュー、たまに裏メニューなんかも教えてもらえる。

ぬいぐるみの常連なんて、もちろん初めてだ。いや、常連であるかはまだわからないけれど。でもこのたたずまいは、多分そうだ。太明の長年の勘がそう言っている。しかも漂《ただよ》う雰囲気が、以前親切にしてもらった数々の常連たちと似ている。

「ぬいぐるみなんて」と思ってしまう気持ちもあるし、店の正気《しょうき》を疑う部分もなくはないのだが、ある意味、度量《どりょう》の大きさも感じられる。メニューは三つしかないと言いながら、もしかしてぬいぐるみ専用の裏メニューなどもある？　いや、そんな特別扱いがないから「老舗《しにせ》」と言われるのでは？

これはやはり、話しかけて判断するしかない。本当に常連ならば、人間の常連よりも面白く、そして意外な話や情報を聞かせてくれるかもしれないではないか。

「あの、つかぬことをお訊きしますが、このお店の常連……さんなんですか？」

ぬいぐるみは、こちらに驚いたような点目を向ける。それがわかるってどういうこと？と考え始めるとキリがないので、とりあえずそれは頭から退《ど》けよう。

「常連というのはおこがましいですが、よく来ますよ」

なんと謙虚《けんきょ》な言い草であろう。ああ、この人は絶対に親切だ。ぬいぐるみだからって見ないふりすることなど、できるはずもない。せっかくのチャンス、棒に振りたくない。

「ここの天丼、評判がいいので食べたくて来てみたんですけど、すごく混んでますね」

いつもどんなふうに会話をしているのか、思い出さないと言葉が出てこないが、がんばる。

「わたしも割とここ数年来ている新参者《しんざんもの》なんですが、老舗でおいしいですよね」

「いい店が多いみたいですね、このエリアは」

「そうですね。古いところも新しいところもいいお店が多いです」

そう。ここは下町の風情《ふぜい》が残ってはいるが、東京のど真ん中なのだ。道をいくつか隔《へだ》てるとおしゃれな商業ビルや映画館、有名ホテルなんかも立ち並んでいる。しかし、こみたいな老舗の料理店もたくさん残っていて、今日もここにするか、人気の町中華にするか悩んだのだ。

「松竹梅、どれにするか迷いますが、何をお頼みになったんですか？」

「わたしは梅にしました。新玉ねぎの時季は、梅にしてるんです」

おおっ、なんかいいこと聞いた！　自分の勘は正しかったと、心の中でガッツポーズする。

「でも、新玉ねぎの天ぷらはちょっと時間かかるんで、時間のある時にしか食べられなくて。泣く泣く松か竹にすることも多いです」

「えっ、そうなんですか！　そんなに時間がかかるって……」

「来ればわかりますよ。今日はけっこう梅にしている人多いんじゃないですかね」

ぬいぐるみがにこっと笑った気がした。

「えー、楽しみです」

ほんとに楽しみなので、周囲をあまり見ないように気をつける。

「穴子も気になったんですが」

まっすぐ前を見るためだけみたいに、ぬいぐるみに話しかける。

「穴子はもう間違いないですよ。入荷したものに合わせて調理するので、いつ食べてもその時の最高の味が出てきます。本当においしいです」

「そうなんですか。大きいと聞きましたけど——」

「そうですね。一本丸々ですから、時季によってはかなり食べでがある時もあります」

「つまり、竹だと出てくるのが速いし量的にもちょうどいい感じですかね」

「お急ぎの方は竹が一番かもしれません。これもはずれないですから。梅も新玉ねぎの季節以外は速いと思いますよ」

はー、親切な常連さんの話は参考になる。たまにすごい偉そうでマウント取りたがる人もいるけれど、このぬいぐるみはそんな人じゃない。そういう人に当たると、その日はとてもラッキーだと思える。

「この近所は、他にもおいしい店ありますよね」

「そうですね」

「わたしは出張でこっちに来てるんですけど、仕事の合間にそういう店巡るのが大好きなんです。たとえば――」

どっちにしようか悩んだ町中華の店名を言う。

「この店とかどうでしょう？」

「ああ、とてもおいしいですよ。名物の餃子《ギョーザ》もいいけど、僕は特にレバー炒めが好きです」

「じゃあ、今度行ってみますね。楽しみだー」

互いのおすすめの店を教え合っていると、

「おまちどおさまー」

店員さんがどんぶりを二つ持って現れる。ぬいぐるみは先に注文したはずだから、やはり今日の梅は時間がかかるらしい。

太明のどんぶりも、ふたが傾《かし》いでほとんど役に立っていなかったが、ぬいぐるみのどんぶりはふたが乗っかっているだけで、ぶ厚い玉ねぎがそのまま見えていた。

「玉ねぎはこれで切ってください」

なんとナイフも添えられている。天丼屋さんでナイフなんて初めて見た！

天丼と味噌汁と浅漬けのシンプルなセットだが、やはりどんぶりのボリュームには驚く。海老も魚も野菜も大きい。衣《ころも》も薄付きだ。

「いただきます」

なんとなく二人とも同じタイミングで言ってしまって、笑ってしまった。

さっそく揚げたてのキスを味わう。小ぶりだが肉厚。そして当然熱々だ。タレは最小限。サックリとした衣が湿《しめ》るほどではない。でも味は濃い。少し辛めかな。素材の甘みとケンカしない。

海老は太くてプリプリホクホク、イカはとても柔らかい。野菜はかぼちゃとナス、ししとう。アスパラガスも入っている。瑞々《みずみず》しいが、あふれる水分に火傷《やけど》しそうだ。

評判どおりのおいしさに、しばし夢中になる。ごはんも浅漬けもおいしい。

そこではっと顔を上げる。向かいのぬいぐるみは、玉ねぎのぶ厚さとまだ格闘中《かくとうちゅう》だった。新玉ねぎを丸々揚げた天ぷらは、ナイフですっと切れる柔らかさのようだ。ふわっと上がる湯気がまた熱さを物語る。

そしてぬいぐるみは、玉ねぎを箸で上手につまむと、鼻の下のあたりに持っていった。

そこが口か？　口なのか？

熱いだろうに、それを感じさせない表情をしていた。ぬいぐるみだから無表情なのは仕方ない。でも、なんだかおいしそうな顔に見えるのだ。

そこでぬいぐるみは太明の視線に気づいた。もぐもぐしながら顔を上げて、ごっくんと飲み込むと、こんなことを言う。

「玉ねぎ、食べてみませんか？」

「え――!?」

そんなこと言われたことなかった。いわゆるシェア、というやつ？

レストランなどで、隣に座った女性たちが、ひと口ずつ分け合っていたりするのをよく見る。娘たちと妻もごく自然にやっている。しかし、太明はあまりそういうことをしたことがない。

もちろん、シェアに抵抗《ていこう》ある人がいるのもわかる。人のをやたら「ひと口ちょうだい」と言って取っていくようなのは論外《ろんがい》だ。でも、おいしいものを分け合うというのは好もしいと思う。だが、男性の友人同士でそんなことはしないし、せいぜい家族と分ける程度だ。なんとなく家族も、太明はそういうことはあまりやらないと思っているみたい。自分から要求するか、「とにかくおいしいから食べて！」みたいに強くすすめられる時しか分けてもらえないからだ。

それでどうこうというのはない。仲間はずれみたいで寂しいとかも思わない。いやだと考えたこともない。ただ習慣ではない、というだけだ。

だから、男性らしきこのぬいぐるみからシェアを持ちかけられたことに驚いた。男性はおろか、家族以外の女性からだってそんなことを言われたことはない。ましてや相席をした相手からなど。

「おいしいので、ひと口ぜひ」

その口調は、家族が強くすすめる時とあまり変わらない気がした。「おいしいから、食べな！」と偏食気味《へんしょくぎみ》の子供の頃、母にも言われたなあ。今なんでも食べられるのは、それのおかげなのかもしれない。

「あ、じゃあ、こっちのキス、半身《はんみ》差し上げます」

口をつける前の箸で切ったものだし。

「あ、ありがとうございます」

ぬいぐるみに躊躇はない。ナイフと箸を器用に使って、ひと切れ差し出してくるので、あわててどんぶりを近づけて受け取る。お返しのキスも、太明のどんぶりからさっと取っていく。

「すみませんねえ。おいしそう」

「いえいえ、こちらこそありがとうございます」

ぬいぐるみは、さっそくキスにかぶりついた。噛《か》むというより引きちぎる感じに見えたが、口とか歯とかってどうなっているんだろう。不思議だ。不思議すぎる。

「冷めないうちにどうぞ」

そう言われて、不躾《ぶしつけ》に見つめていたことに気づく。あわてて玉ねぎを口に入れた。

「あちっ」

けっこう冷めているかな、と思ったのに、全然そんなことなかった。じゅわっと滲《にじ》み出る熱さに、口を閉じていられない！

「うわ……」

しっかりと時間をかけて火を通したからか、玉ねぎの甘みが際立《きわだ》つ。柔らかいけど、サクッとした歯ごたえも残っていて、新玉ねぎの風味が鼻に抜ける。辛《から》みはまったくない。

「これは……おいしいですね」

改めて周囲を見回してみると、半分くらいは玉ねぎの天ぷらを食べている。みんな今これが一番おいしいって知っているのだ。

「そうでしょう?」

ぬいぐるみはそう言いながら、玉ねぎとごはんを頬張った。ちょっとドヤ顔に見えるのは、角度の問題なのかもしれない。

二人ともそれから、無言でおいしい天丼をじっくりと味わった。そして、ほぼ同時に食べ終わる。

ぬいぐるみは口をハンカチで拭いて、椅子から飛び降りた。そうか。小さなリュックをお尻の下に敷いて台にしていたのか。

「それじゃ、お先に」

「あ、ありがとうございました。今度、梅食べてみます」

時季が合えば、なのだが。

「楽しんでください」

ぬいぐるみはそう言って会計を済ませ(スマホで払っていた)、店を出ていった。

ぬいぐるみがいない空間に残されると、今までのことが一瞬の幻のように感じるくらい、意外すぎて不思議な時間だった。周囲の人も何も気づいていないみたいに。

　それが現実であるという証拠が、何もなかったからだろうか。

　唯一《ゆいいつ》の証拠は、新玉ねぎの天ぷらだけかも。

　家に帰って天丼屋さんのレシートを見ると、そこには「テンドン　タケ」とはっきり記されている。太明が梅を注文しなかった証拠だ。だから、新玉ねぎの天ぷらを食べる機会がなかったはずなのに、食べた記憶がある。

　今思い出しても、あの新玉ねぎの天ぷらはうまかった。近いうちにまた食べたい、と思っていたら時季が過ぎてしまった。

　以来、一度も行けていない。

　……いや、違う。一度行ったんだった。もう春ではなかったので、それじゃ松の穴子に挑戦してみようと思って行ったのだ。しかし、ものすごい行列で入るのをあきらめてしまった時があった。そのあとの出来事に上書《うわが》きされて、すっかり忘れていた。

　天丼屋さんをあきらめた太明は、その足でもう一つの候補の町中華へ行った。以前迷って行っていなかった方だ。

ここは味のよさもさることながら、安さが魅力の店らしい。大丈夫なのかっていう値段なのだ。名物は大ぶりの手作り餃子。ラーメンは突出して安く、店主の「子供でも気軽に食べられるように」という心意気があふれている店だ。再開発が進んだ街なので、果たして子供が来ているかどうかは定かではないが、値段は変わらない。

遠くからもよくわかる赤いのれんに黄色い看板は、いかにも昔ながらの町中華で、太明はわくわくしてくる。すでに行列ができているが、天井屋さんと比べれば全然短い。

最後尾《さいこうび》に並ぼうとした時、足元に小さな物体があるのに気づいた。

あのぬいぐるみだ！

「あ——！」

つい声が出る。ぬいぐるみが振り返った。

「あ、こんにちは。偶然ですね！」

憶えているのか、こんなごく普通のおじさんを。こっちが憶えているのは当然だろうが。

「こちらこそ……こんにちは」

驚いてしまって、挨拶を返すので精一杯だ。

「今日は天井屋さん混んでたので、こっちに来たんです」

「わたしもその口です」

ふふふ、と笑い声が聞こえそうな表情だった。ぬいぐるみなのに表情豊かだ。

前に並んでいる人たちは慣れているのか、ぬいぐるみの存在を特に気に留《と》めていないように見える。

「すごい偶然ですね」

ほんとにびっくりした。こんなことってある？

「今日は火曜日ですよね」

「？　そうですね」

「この間もそうでした」

「あ、そうかも」

最近の出張のスケジュールの都合で、火曜日にお店を巡ることが多いような気がする。火曜日はお店が休みのところも多い。金曜日ならたいていのお店は開いているけれども、そんな都合よくはいかない。

「わたしの休みは火曜日なんですよ」

「そうなんですか」

「休みの日はなるべく食べ歩きをしてるんです」

趣味が同じということかな。

「わたしも休みの時は地元で食べ歩きしてますよ」

根っから食べるのが好きなので。

「どちらが地元なんですか？」

太明が地名を言うと、

「あー、一度行きたいと思ってるところです。まとめて休みが取れたら、旅行に行きたいですね」

列に並んでいる間、太明は地元のおいしいお店をぬいぐるみに教えてあげる。

「旅行の楽しみが増えました！」

うれしそうにぬいぐるみが言った時、

「どうぞー」

店の中から声がかかる。

「お二人ですか？」

そう声をかけられて、つい、

「はい」

と答えてしまう。

「じゃあ、この二人がけのにお願いしますー」

二人でこの間とよく似たシチュエーション（つまり狭い）の席に腰掛《こしか》ける。

「すみません、勝手に……」

「え？」

「二人連れみたいに答えてしまって」

「いえいえ、全然かまいません。むしろもっとお話ししたかったので、よかったです」

その言葉は、存外にうれしかった。自分にも同じ気持ちがあったから、あんなふうにとっさに答えてしまったのかもしれない。

「ありがとうございます」

先日の相席とすごくよく似ているけれど、今日はそうではない。だから図々《ずうずう》しくも訊いてしまおう。

「この店もよく来られるんですか？」

「そうですね。あの天丼屋さんを知ったのと同じ頃に来始めましたね」

「おすすめはレバー炒めと先日は言ってましたよね？」

「そうです。あ、憶えててくれたんですね」

そりゃこの顔で言われれば、忘れられないだろう。

「レバニラはよく頼むんですけど」

「レバニラ炒めもおいしいですよ。ニラが入ってないだけなので、好みですね」

えー、そう言われると迷う。ニラが絶対に入ってないといやというわけではないので、
ここはおすすめどおりレバー炒めか。

「あとはやっぱり、有名な餃子です」

それは絶対にはずせないな。

「他は？」

「寒い時はもやしそばを食べるんですけど、あんかけなんで熱いんですよね」

今日はもう初夏《しょか》の陽気だった。確かにあんかけはきついかも……。

「ラーメンでも熱いですけどね」

まあ、それはそうだ。

「そちらは今日は何にする予定だったんですか？」

「わたしは……普通にランチにしようと思ってて」

壁に貼られたランチメニューを、ぬいぐるみは見る。今日の定食は回鍋肉《ホイコーロー》、青椒肉絲《チンジャオロースー》、玉子ときくらげ炒め。セットは、ラーメンと半チャーハン、ラーメンと餃子、チャーハンと餃子など。単品料理にごはんセットもつけられるらしい。

「青椒肉絲の定食に、ほんとはチャーシューエッグも食べたくて」

「チャーシューエッグ⁉」

「おつまみなんですけどね。ここはチャーシューもおいしいんです」

そういえば、町中華のメニューによく「ハムエッグ」ってある。おつまみ、あるいはあっさりとごはんを食べたい常連さんが頼みそう。

「でも、量がけっこうあるんですよ、チャーシューエッグ」

「じゃあ、半分こしましょう。僕も食べてみたいです」

ハムエッグは家でよく食べるし、外では注文したことないが、チャーシューエッグというならまた別だ。そのお店のチャーシューで作るのなら、そこでしか味わえない。

ということで、太明はレバー炒めの定食と餃子、ぬいぐるみは青椒肉絲のランチとチヤーシューエッグ。ランチには餃子が三個ついてくるという。

ここでもぬいぐるみは常連さんのようだった。

「すみません、なんだかシェア前提のようなことを言ってしまって」

ぬいぐるみが言う。

「いえいえ、二人だといろいろ食べられていいですよね」

一人飯は本当に楽しいけれど、一回につき食べられる量が限られるというのが玉に瑕《きず》なのだ。大人数で食事となるとたいてい夜で、結局は飲み会になってしまったりする。それはそれでいいのだけれど、ぬいぐるみとの相席があってから、ただ食べるだけの友だちがいてもいいのかも、と思うようになった。気の置けない同じ趣味の友だちと、こんなふうに昼飯を一緒に食べられたら、と。

「おまちどおさまー」

さっそくチャーシューエッグが来た。出てくるのが速いのも町中華のいいところだ。キャベツがたっぷり、マヨネーズもからしも添えてある。タレは別添えだが、

「醤油《しょうゆ》も合いますよ」

と店員さんが言う。おいしそう。少しチャーシューに焼き目がついている。

「まずはチャーシューだけ食べていいですか？」

「どうぞー、ぜひぜひ」

多分中華鍋でチャーシューをさっと炙《あぶ》って、そこに玉子を落としただけなのだろう。玉子はかなり半熟《はんじゅく》で、黄身《きみ》をチャーシューにからめること前提の焼き加減な気がする。チャーシューの脂がほどよく溶けて、とても柔らかい。おつまみのチャーシューってあっためて出てくるのもけっこうあるが、焼くとやっぱり香ばしい。

「タレと黄身を混ぜてみてください、ぜひ」

ぬいぐるみにすすめられるまま、黄身を割り、少しタレをかける。白身とも合わせて食べると、おおー。

「これはいいつまみですね」

玉子でまろやかだし、タレの甘辛さで肉の味も引き立つ。ビールか？　焼酎《しょうちゅう》でもいいかも。

ぬいぐるみもひと口食べて、もぐもぐしながら、

「これを醤油で食べると、ごはんが進むんです」

と言う。

「じゃあ、定食来たら味変ですね」

「ですね」

その時、餃子と定食が運ばれてきた。

「餃子大きいですねー」

かなり大ぶりのが五つほど。

「皮ももちもちなんですよね」

ボリュームありそうだ。大丈夫かな。いや、こっちはいいけど、ぬいぐるみは？　あんなに小さいのに。

そういえば、食べたものってどこに行ってるの？　あの小さなお腹でどうなっているのか……どこか異次元にでもつながっているのか？

それを深く考えようとしても、餃子がおいしすぎた。カリッとした焦げ目以外はもちもちの生地、たっぷりの餡、あふれる肉汁、自家製ラー油《ゆ》の風味豊かな辛さに頭が全部持っていかれる。

何しろ皮が一番おいしい、と思った。餃子は栄養的に完全食とはよく聞くが、それを実感するうまさだ。

「止まらないですねえ」

熱いのに、次々口に放り込みたくなる。

「でしょう？」

自分で作ったものではないのに、なぜかぬいぐるみはドヤ顔だ。でも気持ちわかる。

自分もきっとそういう顔してるはず。

「レバーもおいしいです」

臭みがない。レバー特有の食感よりちょっと弾力《だんりょく》があって、これなら苦手な人も食べられるかも。

チャーシューエッグに醬油をかけて食べると、これまたごはんが進む。炭水化物万歳《ばんざい》。

ああ、おかわりまでしたくなるが、我慢我慢。

ぬいぐるみの勢いもすごい。ぱくぱく気持ちいいほどごはんが減っていく。

二人で食べながら、おいしい店の情報交換を続ける。以前教えてもらったところには、まだ一軒しか行けていないが、ちゃんとメモってあるのだ。

それにしてもぬいぐるみの情報通ぶりには驚く。太明が行こうと思っている店のことはたいてい知っているし、なんなら常連、そこまで行かなくても行って食べたことがあるとのこと。

「すごいですね。食べ歩きがほんとに好きなんですね」

「いやあ、実は飲食店をやっているものですから、職業病みたいなものですねえ」

は？

衝撃の告白だった。飲食店をやっている？

「おいしいと言われている店は、食べてみたいと思ってしまうんです」

「そ、そうなんですか……」

なるほど……だからこんなにくわしいんだ、と頭の片隅では思っているけれど、大半が「えーっ!?」という叫びに覆われていた。

「ぜひうちにもいらしてください」

そう言われてハッとなる。

「ど、どちらなんですか？」

駅の名前を言われる。そこなら行ったことある。

「イタリアンなんですよ」

またまた「えー」だが、もう店やってるっていう情報だけでいっぱいいっぱいなので、イタリアンでもフレンチでも町中華でも反応は多分一緒だ。

「家族で切り盛りしている小さな店なんです」

「行きたいです」

混乱したままだったが、ごく自然にそんなことを言っていた。

「ていうか、行きますよ」

次の出張の時には必ず。

「お待ちしてます」

お店の名刺《めいし》をもらい、ぬいぐるみの名前を教えてもらった。

「山崎ぶたぶたといいます」

なんとそのままの名前だろう、と思った。


出張から帰って、名刺に書かれたホームページを見る。パスタを中心にした小さなイタリアンレストラン。一品料理も充実している。名物はぶ厚いローストポークだ。

ロースト……ポーク。ツッコミどころ満載だが、料理写真が本当においしそうだった。断面がきれいなピンク色で、実に柔らかそうだ。

絶対に行こう、と心に決め、そのように出張のスケジュールを組んだりしたのだが、トラブルがあって行けなかったり、先方の予定が突然変わったりして、なかなか訪ねることができないまま——コロナ騒ぎになってしまった。

当分出張はなしになり、仕事自体もリモートワークになった。

家族が仕事や学校へ行ってしまって誰もいない家で、一人で仕事をしていると、何か今まで感じたことのなかったような疲れ——いや、虚《むな》しさみたいなものを覚える時もある。そんな時、決まって思い出すのは、あのぬいぐるみ——山崎ぶたぶたのことだ。

個人的にやりとりしたことはなかった。最後に会った時、ＳＮＳのアカウントを交換したので、メッセージを送ることもできるけれど、友人でもないのにそんな気軽に送る勇気はない。

それに彼のお店は、このコロナ禍で休業したままなのだ。

太明は毎日のようにホームページを見て、再開していないか確認しているが、その気配はない。

東京だけでなく、いろいろなところで相席をしたけれども、ぶたぶたとの相席以上に印象に残っているものはなかった。当然とも言えるが。あれ以上、不思議でかわいらしく、そして優しく気《き》さくな常連さんはいない。

今では相席なんて無理なことになってしまった。袖《そで》すり合うも他生《たしょう》の縁《えん》、ということで、食べている間のちょっとしたおしゃべりすらなつかしく思うことがあるとは、あの時は考えもしなかった。そうだ、シェアもできないな。あの時は何も気にせずできたけれど、いつかまたできるようになるのだろうか。

数え切れないほどの相席の中でも、ぶたぶたとの出会いは一生忘れることができそうにない。思い出すと、これほど胸がほんわりしてくるものはないからだ。

でも、一年以上たっても出張はないままだし、ぶたぶたの店も再開しない。

とりあえず太明は、近所のお店にせっせと通っていた。どこも厳しく、自分が行ったからって足しになるとは思えないが、それでも通う人が一人でも増えれば、少しはお店の支えになるだろう。お取り寄せをしたり、テイクアウトをしたり、以前は妻にまかせていたようなことを、積極的にやるようになった。

どこもおいしいお店ばかりだが、今一番行きたいのはやはり——一度も行ったことのない、ぶたぶたのお店だった。

その日も、太明はいつものように家で仕事をしていた。

出勤する日もたまにあるが、遠方への出張はまだ無理だ。先がまだまだ見えない。少しずつ変化しているようにも思うが、よい変化も悪い変化もある。

いつかこのコロナ禍を抜けたら、太明は本当にごはん友だちを作ろうと思っていた。楽しく静かにごはんを一緒に食べるだけの友だち。一人でいい。話すことも、ごはんのことだけでいい。おいしいねって話すだけの友だち。

そんな友だちは、夢のようなものに思えるけれども——ぶたぶたが近くにいたら、そうなれそう、と思えるのだ。彼みたいな人は、確かに稀有《けう》な存在だし、まったく同じ人はいないだろうけど、彼と同じように楽しい人はきっとどこかにいるはず。

そんな人を探したい。どこにでもごはんを食べに行けるようになったら。

その時、スマホが聞き慣れない通知音を立てた。なんだろう、と思って画面を見ると——ぶたぶたからのメッセージだった。


近々、お店再開します。

お近くにお越しの際は、ぜひお寄りください。

お待ちしています。


再開！

太明は、画面を見たまま動けなかった。

こんなことをわざわざ知らせてくれるなんて、と感動していた。

いや、このメッセージは、太明に当てたものではない。お店の最新情報が届くように登録しておいたものなのだ。ぶたぶたが書いたものでもないかもしれない。

それがわかっていても、太明はうれしかった。友だちではないのだ。そんな気軽にメッセージなんて出せない。それは自分が一番よくわかっている。

でも、お店に行けば——いくらか友だちに近づくかも。

出張にこだわらずに行きたい。行けるかな。行けるようになるだろうか。

その日を太明は待ちわびていた。

さいかいの日

自分の店を閉めることになり、その後始末《あとしまつ》がすべて終わった時、山之内暉久《やまのうちあきひさ》は抜け殻《がら》になったような気分だった。

どんなことがあっても食欲がなくなるなんてことがないほど、食べることや料理が好きで、だから飲食店を開いた。その地域では珍しいカフェだった。昼間はおしゃれな軽食を主にして、夜はバーとして営業していた。

料理には自信あったが、飲み屋としても食事するにしても少し価格設定が高く、夜は競争相手が山ほどいる激戦区で、さらに会社などが少なく昼の営業も思ったほど実入りがない。何もかも中途半端《ちゅうとはんぱ》な立ち位置で、ギリギリの経営をしていた頃、コロナ禍が来た。

そのあとはお察《さつ》しだ。満足な常連もついていない状態では、経営はどんどん厳しくなる一方。飲み屋街として割と有名な土地だったから、夜の営業ができている頃はそれでもなんとかなっていたが、時短《じたん》になったらもうダメだった。時短のまま続けるか、一時休業して再起《さいき》を狙《ねら》うか――選択肢《せんたくし》はまだいくつかあったが、早い段階でやめた方が傷《きず》が浅い、と判断して、暉久は店を畳《たた》んだ。

それでもかなり悩んだ。いつこの状況が終わるかわからなかったからだ。もう少し我慢すれば、店を続けられるかもしれない。好転《こうてん》もするかもしれない。ここまで来たのに、もったいない、という気持ちがないはずがなかった。

実際、やめた時には周りから「もったいない」と言われた。しかしそれは、当事者《とうじしゃ》でないから言えることだ。ただ、今まで自分も似たようなことを言っていた、と思い出す。

自分の決断は間違っていないし、他の決断を選んだ人もそのはずだ。だから、気にする必要はない――と頭ではわかっていても、気落ちはどうしても避けられない。何を言われても落ち込んだとは思うのだが。

しばらく実家に帰ることにした。年老《としお》いた親は何も言わない。ただ「少し休め」と言っただけだ。

自分の荷物で金に換えられるものは、ほとんど手放してしまった。微々《びび》たるものだったが、一つだけとっておいたのは、古い自転車のみ。

高級というわけではないが、こだわりのカスタマイズをした手作りのような自転車だった。これは、尊敬している料理の先輩が故郷《こきょう》へ帰る時、譲ってくれたものだ。先輩は今、実家のレストランを継《つ》いでいる。このご時世でやはり苦しいらしいが、お取り寄せが話題になり、それなりに忙しいらしい。

家賃がなかったら……もう少し常連がついていたら……新業態《しんぎょうたい》のアイデアがあったら……などと一人でぐるぐる考えてしまう時は、先輩の自転車に乗って、あてもなく走り出す。迷ってもスマホの地図アプリでどこにいるかすぐにわかるし、自転車なら細い道でも抜けられる。

朝、両親のために食事を作り、昼は自転車を走らせ、夕方には夕食作りに戻る。ひたすら走ると日も浴びるしかなり疲れるので、夜はよく眠れる。

これで休んでいることになるのだろうか。次のステップに進む準備は一つもしていない。する気にならない。父は、

「運動してるのなら、いいんじゃないか」

と言う。そのとおりではある。自転車を駆《か》っている間は、その場の安全が第一なので、くよくよ考えたりしないというか、できない。それ以外、何もできないという時間が、今の自分には必要だった。

元々は、自転車でそんなに遠出をするつもりはなかった。実家に落ち着いて数日後の朝、何もすることがなく、自転車でも磨《みが》くか、と引っ張り出した時、先輩のこんな言葉を思い出したのだ。

「すごいイタリアンの店があるから、一度行ってみろ」

店名も住所も教えてもらったのだが、暉久はまだ一度も行ったことがない。

「そんなにおいしい店なんですか？」

「おいしいし、すごいんだよ。とにかく、行けばわかるよ」

そんな会話もした。

そうだ、今日はそこに行ってみよう、と突然思った。

地図を見ると、自転車だとだいたい一時間くらいで着くらしい。いい運動にもなるな、と気分転換のつもりでその店を目指す。

ところが、そこはコロナ禍での休業を余儀《よぎ》なくされていた。

しばらくの間、休業します

シンプルにそれだけ書かれた貼り紙を見て、暉久はさらに落ち込んでしまった。先輩が激推《げきお》ししていたすごい店、おいしい店もこんな状態になるなんて。

「何がおいしいんですか？」

先輩にたずねると、嬉々として答えてくれたことを思い出す。

「パスタがとにかくうまいけど、ローストポークも絶品なんだよ。こんなに厚みがあって」
三、四センチくらい指を広げる。
「しかもとても柔らかい」

「へー、それは食べてみないと！」

と軽く言ってた俺、次の日に行けばよかったのに！

ここら辺に土地勘はない。昼を食べるつもりで来たから、このあとどうしよう、と考えながら、とぼとぼと自転車を押して知らない道を歩いていると、高台《たかだい》の公園に出た。

誰もいない。子供すら。人通りもほとんどない。

とりあえず、ひと休みして考えようか、と眺《なが》めのよさそうなベンチに近寄ると、先客がいた。

というより、これは子供の忘れ物だろうか。バレーボールくらいのぶたのぬいぐるみが置いてあったのだ。

暉久は横から近づいていったので、突き出た鼻と黒い点目の横顔がよく見えた。なんだか物憂《ものう》げに見える。煤《すす》けたピンク色のぬいぐるみだからだろうか、鼻先に哀愁《あいしゅう》が漂う。

そんな哀愁をたたえつつ、ぬいぐるみはおにぎりをパクリと食べた。

え？　見間違い？

いや、パクリ、というのは嘘だ。正確には、ぬいぐるみの鼻の下に移動したおにぎりの頭の部分がなくなった。その前に、おにぎりがぬいぐるみの右手にくっついているってのはどういうことなの？　手なの、あれ？

しかも、片手におにぎりを持ったまま、もう片方の手でペットボトルのお茶を持ち上げ、ぐびりと飲んだ。お茶……おにぎりより重いだろうに。ああ、あんなに飲んだら、お腹に染みないだろうか。

よく見ると、ベンチの上には剥《は》がしたおにぎりのフィルムやコンビニのビニール袋が散乱していた。どう見ても、ぬいぐるみがそこで昼飯を食べているようにしか見えない。

どうしよう。近寄ることもできずに、暉久は焦る。なんとなく後ずさりをして、公園を出た。

今見たのはなんなんだろうか。あまりにもいろいろ思いつめて、幻覚でも見たのか。ぐるぐると考えながら、そこらを歩いているうちに、どこぞの駅前に出る。お腹が空きすぎていたので、牛丼屋で昼を食べてしまう。

少し落ち着いてから、スマホでさっきの公園を調べてみた。それらしきところは見つかったが、本当に存在する場所なんだろうか。

帰りにもう一度通ってみた。公園はちゃんとある。あのベンチには、誰も座っていなかった。ゴミもない。ぬいぐるみがいた気配はどこにもなかった。夢？　幻？　錯覚だったのかな……？

暉久は、ベンチに座ってみた。思ったとおり、開けていて眺めがいい。ここでお昼とはなかなか気持ちよさそうだ。

しばらくそこに座ってぼんやりしていた。考えるのは、やはりさっき見たあの店の貼り紙だった。再開することはあるんだろうか。いや、再開するつもりだから、ああいう貼り紙をしたと思いたい。自分も同じ決心していたら、今頃何をしていたかな。こんなふうにぼんやりするヒマなんかなかったかも。いや、もしかしたらコロナとは関係なく店主の体調が悪いとか、そういう場合もあるし……。

またぐるぐると考え始めてしまった。一人でいるとどうしてもこうなるし、かと言って誰かに気軽には会えないし、会えたとしてもつきあわせるわけにはいかないし……。

暉久は、自転車に飛び乗り、がむしゃらにあてどなく走った。楽しそうな道、景色《けしき》のよさそうな場所を探して。

そのまま家に帰るとクタクタで、実家に帰って初めてぐっすり眠れた。以来、雨の日以外は自転車に乗るのが日課《にっか》になっている。

それからもたまにあの店を訪れている。行かない方がいいのかもしれない。再開していないか、週一程度で見に行って、その気配がないと落ち込む、なんてくり返すくらいなら。でもなぜか気になるのだ。

単純に「食べたい」という気持ちもある。先輩に「食べた」と報告したい、というのも。昔は、一緒に食べに行ったり、おいしい店の情報交換をいつもしていたから。

もう飲食関係の仕事をしないのなら、食べ歩きなんてする必要はない。しかし実は、何をしたいのか自分でもよくわからないのだ。疲れていて、何も考えられないという気分なのだが、それでもなんとなく昼を食べるのなら少しでもおいしい場所で、という気分も消えなくて、ついいろいろ探して訪れてしまう。

食べたものを夕食で適当に再現してみると、両親はとても喜ぶ。

「暉久の料理は、本当においしいね」

と言いながら食べてくれる。それがやっぱりうれしいのだ。

ぬいぐるみはあれから、二度ほど見かけた。

一度はやはり公園で、菓子パンを食べていた。曇りがちで雨が降りそうな中、急いで食べているようだった。むりやり詰め込んでいるみたいに感じた。

急に天気が悪くなるなんて暉久も聞いていなくて、ずぶ濡れになって帰った。あのぬいぐるみが濡れてなければいいのだが、と思っていたら、次の見かけた時は駅前で、大きなほか弁が二つ入ったビニール袋を抱えて歩いていた。持ってあげようかと思うくらいのボリュームだった。あれ、一人で食べるのかな。

以来、ぬいぐるみは公園でも駅前でも見かけていない。でも、最後に見た時は、なぜか元気そうに見えた。元気なら、それでいいのだ。

暉久は自分の身の振り方をまだちゃんと考えられなかった。知り合いの会社で力仕事のバイトをやるようになったくらいだ。

ただほぼ毎日自転車に乗っていたら、身体の不調はなくなった。店をやめた直後はうつ状態でいつもだるいと思っていたのに、今は夜もよく眠れる。自転車に乗っていなくてもぐるぐる考えすぎることもなくなってきた。

なんとなく、自分がきっかけを待っているのを感じていた。だが、それは危険なことなようにも思える。自分のことは自分で決めないといけない。それは重々承知なのだが、それでもすがれるものにはすがりたい、という程度にはまだ心が弱い。

そんなある日、暉久はついにそれを見つけた。

再開いたします

先輩がおいしいと言っていた店に、そんな貼り紙があった。

この時を待ちわびていた。やっと食べられる!

席数を減らし、昼間のみの営業で、一組二人までの入店、メニューも限定的、とのことだが、先輩がすすめていたローストポークは提供される。テイクアウトもあるという。

暉久は、恐る恐る電話をかけた。行って入れなかったら困るし、予約できるのならしておいた方がいいかも、と思って。

「はい、いつもありがとうございます――」

そう言って電話に出たのは、優しそうな中年男性の声だった。

「すみません、お店再開されるそうですね」

「そうなんです。ありがとうございます」

その声はとてもうれしそうだった。

「あの、再開の日のランチ、予約できるんでしょうか」

「はい、開店時間ぴったりなら、まだ大丈夫ですよ」

予約時間も決まっていて、ほぼ入れ替え制みたいな感じらしい。

「じゃあ、一人でお願いします」

本当は両親も連れていきたいが、一度味見に行って、気に入ったらテイクアウトを利用しよう。

「わかりました、お待ちしています」

あっさりと予約できた。

これでようやく、先輩に報告することができる。店を閉めた時、気をつかって連絡してくれたのに、そっけない返事しかできなくて、後悔していたのだ。先輩の店だって大変なのに。

食べたらメールでも出そう。おいしかったらいいな。先輩のおすすめだから、絶対においしいに決まっているのだけれど。

再開の日は、快晴だった。よかった、自転車で行ける。

快調《かいちょう》に飛ばして、開店時間ちょっと前に着く。

さっそく店に入る。アクリル板で仕切られ、席と席の距離はしっかり取られているし、窓も開いている。感染予防対策はばっちりだ。

「いらっしゃいませ」

アルコールで手を消毒していると、店員の若い男性が声をかけてくれる。大学生のバイトだろうか。

「予約した山之内です」

名乗ると、席に案内してくれる。窓際で明るい。暉久が一番乗りであったが、続々と人がやってきて、席はすぐにあらかた埋まった。五席しかなく、カウンターも使われていないらしい。本当はこの倍くらいの席数だったのだろうと思うと切ない。

典型的なトラットリアという内装だが、置かれているワインの瓶《びん》やハーブやスパイスなどは、決して飾りではないようだ。まるでイタリアの田舎家の台所に迷い込んだみたいな温かさがある。

「本日のランチは、壁の黒板《こくばん》に書いてあります」

男性店員が言う。今日のランチは、ローストポークとチキンソテー。それとパスタランチ数種。すべてサラダと飲み物つき。ここは迷うことなく、

「ローストポークのランチをください」

「ライスかパンがつきます」

ここは果たして自家製パンなのか、自家製でなくてもどんなパンを出してくるのか、まだわからない。でも、暉久はごはん派なのだ。豚肉のおかずはごはんで食べたい派なのだ。

「ライスで」

パンは次回試してみたい。

「はい。コーヒーか紅茶がつきますが」

「コーヒーにしてください。食後で」

「わかりました」

店員がカウンターから注文を知らせる。

「はーい、お待ちくださーい」

中年男性らしき声が店に響く。電話で話した人かな?

そこで、ようやくお客さんたちを見る。ここにいる人は、みな常連なのだろうか。再開を聞きつけて、駆けつけた人たちなのかな。

いや、そうとは限らない。何しろ、自分のような人間だっているのだ。たまたま入った人だっているかもしれない。

一人客か二人客のみ、ということだが、二人客もほとんど会話がなかった。声が聞こえるのは注文する時だけで、あとはみんな静かに座っている。

中年男性の一人客は、スーツ姿だった。いかにも仕事の合間という感じだ。若い女性の一人客は、カジュアルな服装だが、買い物帰り？

女性の二人連れは、いったいどういう関係性だろう。年齢にズレがあるが、親子や姉妹とも思えない。友だち？　いや、そういう雰囲気とはちょっと違う——。

なんだかなつかしい。店をやっていた頃、こんなふうにお客さんを観察していた。どんな食材や料理、お酒が好きなのか、とか想像するのが楽しかった。話をすれば、当たっていたり、反対にまるっきり違っていたり。

そんなこと、すっかり忘れていた。たまにあのぬいぐるみのことを想像していたくらい。おにぎりと菓子パンとほか弁。おにぎりと菓子パンを食べている時のぬいぐるみは、ぬいぐるみとは思えないほどの哀愁を漂わせていた。あんまり楽しく食べていないように見えた。

ほか弁は、本人が食べていたかはわからない。でも、なんだか楽しそうに見えた。誰かにあげるおみやげなのかな、と思ったのだ。あのほか弁屋さん、おいしいのかも、と調べたほど（おいしいらしい。まだ試していない）。

おにぎりと菓子パンを食べている時のぬいぐるみは、それを見ていた暉久によく似ていた。何を食べてもあまりおいしくない、楽しくない。料理を作るのも食べるのも好きだったはずなのに——そんなことばかり思っていた毎日だった。

自分と、そのぬいぐるみの姿と、この店の休業が重なり、あの頃はほんとにつらかった。実家に帰ることは少しみじめな気分だったが、一人にならなくてよかった。食欲も作る気力もほとんどなかったけれど、家族の食事を作っていたのもよかったのだろう。簡単な食事でも喜んでくれる家族で、ほんとにありがたかった。

自分は、次のステップに進むきっかけをずっと探していたのだ。その一つがこの店の再開だった。

もしあのまま店が閉まってしまったら、どうなったのだろう、とも思うが、そんなことは今考えても仕方ない。まったく別のきっかけを探していたかもしれない。

あるいは、もう一つの可能性に賭《か》けたかも。

あのぬいぐるみに再び会えたら、暉久も店をもう一度やる決心がつく、と。

偶然に出会ったのだから、また偶然再会したっておかしくない。しかし、その可能性に賭けるのは、ギャンブルだよな。そんなこと言ってたら、いつまでも何もできないままだ。

この店のローストポークを食べたら、もう一度考えてみよう。また店をやることを。

まだ少し勇気が足りない気がするが、とりあえず先輩にも話を聞いてもらおう。

「すみません――」

お店に女性の二人連れが入ってきた。これはわかりやすい。制服姿の高校生の女の子とお母さんだ。

「空いてますか？」

「はい、どうぞ」

店員が席に案内する。これで席はみんな埋まったのかな。

「よかった、前から入りたかったから」

とうれしそうに会話している。

「ランチメニューは黒板に――」

そう言われて、女の子は黒板を探すように周りをキョロキョロ見た。その時、彼女は奥に目を止め、そのまま凝視した。

何気なくその視線を追って、暉久も驚く。

これは――もう、また店をやるしかないのかな？

そこには、サラダの皿を持ったぶたのぬいぐるみが立っていた。

日曜日の朝

日曜日の朝、目を覚ますと、どこからか泣き声が聞こえた。

怖い本だとよく「すすり泣くような声」みたいに書いてあるが、今聞こえてくるのはひくっひくっとしゃくりあげるような声。すすり泣きとは多分違うけど、なんだか怖い。

まあ、正体はだいたいわかってる。それにしてもなんで泣いてるんだろう。

あたしは起き上がって、隣の居間へ行く。そこで、妹がパジャマのまま、ぐすぐす泣いていた。

「何泣いてんの？」

「お父さんが……行っちゃった……」

その悲観《ひかんてき》的な口調に、あたしはちょっとびっくりするが、すぐに状況を把握《はあく》する。

「ああ、寝坊したんだね」

「寝坊じゃないもん！」

「しーっ」

お母さんは昨日夜勤で、まだ寝ている。

「お父さんにお弁当、作ってあげられなかった……」

「別にいいじゃん、一日くらい」

「ダメなの！　毎日作ってあげるって約束したのに」

妹はまだ小学生だけど、けっこう頑固だ。

本当はお父さんが働き始めた頃から「お弁当を作る！」とわめいていたのだが、その時は昼休憩が不安定な上、食べる場所もないということで、買って食べるということになり、ものすごくがっかりしていた。今の職場は休憩室があるし、ある程度時間の融通《ゆうずう》も利くので、念願のお弁当作りに励むことができたのだ。

今日までなんとか寝坊せずにお弁当を作ってきた。あたしやお母さんの手伝いも拒否していた。前日のおかずでごまかすということもせず、一品だけだが毎日おかずを作っていた。

お母さんやあたしからすると、正直彩りが足りない、と思うのだが、妹には言わなかった。最近、ミニトマトとか海苔とか梅干しを入れることを憶えたらしい。最初の頃はおかずとごはんだけだったから、少しずつ進歩はしている。

何より、お父さんがすごく喜んでいるので、それならいいか。

「今日はおにぎりにしようと思ってたのに」

そう言って、妹はまた泣く。

「どんなおにぎり？」

「中にいろいろ入ってるおにぎり。一緒に働いてる人がそういうの持ってきてて、『おいしそうだったよ』ってお父さん言ってたから」

おにぎり自体を満足に握れないのに、それはハードル高くないだろうか。それは単に海苔とラップでお弁当の中身を包んだだけのもの……。

「お父さん、お昼食べられない……」

とも言うが、そんなことないでしょ。だってお父さんが今勤めているのは、スーパーだもん。お惣菜がおいしいと有名なところなのだ。お弁当だっておいしいだろう。

とは、言えなかった。

しかし、妹はなかなか泣き止まない。いつまでもぐすぐすしているので、あたしはちょっとため息をついてしまう。

無視しても別にいいんだけれど、それもなんだかかわいそうなので、

「まだお昼まで全然時間あるよ。これから作って届ければいいじゃん」

と時計を指差して言ってしまう。

妹ははっと顔を上げる。

「そうか！」

妹は妙に賢《かしこ》かったり意志が強かったりするが、さすがに小学一年生らしいところもある。

「じゃあ、今から作る！」

さっそく立ち上がり、台所へ駆け込む。だが冷蔵庫をのぞきこんで、

「何もない……」

また絶望的な声を出した。

あたしは知ってる。実はお父さんは、妹のためにある程度下ごしらえをしたものを冷蔵庫に入れていたのだ。混ぜて焼くだけとか、炒めるだけとかのものを。いや、あたしだけじゃなくて、お母さんも知ってる。お父さんではなくお母さんがやっといた時もある。

台所で火を使って料理をして、できあがったものとごはんをお弁当箱に詰めて冷まし

てふたをして、布でくるむ、というのが妹のやっていた「お弁当作り」なのだが、まだ気づいていないようだ。まずは火の扱《あつか》いに慣れさせるというのが、両親の意図《いと》みたい。いつも必ずお父さんかお母さんがそばで見ているし。

今日、それがないということは、元からお弁当がいらない日だったのかもしれない。でも、スーパーには行っているはず。え、そうじゃないのかな。行かないとしたら、どこへ……？

「じゃあ、お姉ちゃんが手伝ってあげるよ」

そう言うと、妹がすごく迷っているような顔になる。葛藤《かっとう》してる葛藤してる。今まで手伝いを拒否してたからな。が、

「……手伝って、お姉ちゃん」

あっさりとあきらめたみたいだった。ぐずぐずしていると時間がどんどんなくなる、と判断したらしい。我が妹ながら合理的《ごうりてき》な考え方だ。

冷蔵庫の中を見る。玉子がない。それで妹は絶望したのだと思う。最近の得意料理は玉子焼きだったから。

冷凍庫に唐揚げとかハンバーグとかもあるけれど、作り置きを使うのは彼女的にどう

なんだろう？

「冷凍食品を使うのは？」

一応訊く。

「それはだめ」

即座《そくざ》に却下《きやっか》された。

「じゃあ鶏肉があるから、ネギと炒めればいいんじゃない？」

「うん、それでいいよ」

なんだか上から目線だな。

あたしは冷凍されていた鶏肉をレンジで解凍《かいとう》して、長ネギを切る。

「はい、これ炒めて」

「わかった」

妹は得意げにフライパンにそれらを入れて、けっこう慣れた手つきで炒め始める。料理の先生か！

味つけは妹の役目なのだ。だから、最初の頃はしょっぱすぎたり、甘すぎたり、味がなかったりといろいろあった。

今は、これもまた手慣れた感じで調味料を加えている。ただ、たいてい妹の好みの甘辛な味つけばかりなのだが。

「できた！」

妹は、香ばしく炒め上がった鶏肉をお弁当箱に詰めたごはんの上に載せる。おかずをラップで包むか包まないかは、気分によるらしい。

残りのごはん部分にふりかけをかけて、海苔と梅干しを載せる。

「できあがりー」

そう言って、すごく楽しそうに手を叩いた。お父さんもそうやって、ぽふぽふ手を叩くのを真似しているのだ。

残ったおかずで朝ごはんを食べた。

「鶏肉、おいしいよ」

あたしが言うと、妹は照れていた。ネギがちょっと焦げているけど、それがまたおいしいのだ。まさか計算？　才能あるのかな、料理の。

ごはんを食べている間に、お母さんが起きてきた。

「これから、お父さんにお弁当届けに行ってくるね」

と言うと、お母さんはちょっと首を傾げた。でも、

「気をつけていってらっしゃい」

と送り出してくれた。


二人でバスに乗って、スーパーのある駅前まで行く。

たまにしか乗らないから、妹は大はしゃぎだ。でも、あまりおしゃべりはできない。

マスク越しにコソコソ会話するくらい。静かにしてても妹がウキウキしているのがよくわかる。

バスに乗っている時間は、あまり長くない。降りる時、妹はかなりがっかりしていた。

そんなに気に入ったのか、バス。

「帰りにも乗れるんだから、いいじゃん」

そう言うと、目に見えて元気になる。わかりやすいな。

お父さんが勤めているスーパーはすぐにわかった。たまにテレビなんかにも出ていて、外観を憶えていたからだ。

店員さんはみんな忙しそうにしている。まさか「お弁当渡してください」と頼むわけ

にはいかないから、店の前からお父さんにメッセージを送る。文面は妹が考えた。

お弁当忘れたでしょ？　届けに来たよ

しばらく返事が来るのを待っていたが、全然来ない。既読にもならなかった。スマホを見られる状況じゃないのかな。

もう一度、「お弁当持ってきたよ」と出してみたが、反応はない。

「お父さんからお返事来た？」

妹に問いかけられるが、首を振るしかなかった。

どうしよう。やっぱり店員さんに頼む？　いや、それはやっぱり……悪い。いるのかいないのかだけ訊いてみてもいいのかな？

店頭の野菜を並べている店員さんは、お母さんに雰囲気が似ていて、優しそうだった。あの人に訊いてみる？　迷惑かな――。

迷っていたら、なんと、

「何かお探しですか？」

と声をかけてくれて、びっくりする。

「あ、いえ、ちょっと人を待ってるんです」

焦って変なこと言ってしまう。待ってるのは人っていうか、メッセの返事だった。

「中にいらっしゃるお客さまですか？」

「そうじゃないんですけど」

「失礼しました、ごめんなさいね」

ペコリと頭を下げると、店員さんはまた野菜を並べ始めた。

「お姉ちゃん、お父さんから返事ないの？」

再度スマホを見ても、やっぱり既読にもなっていない。忙しくて見るヒマもないのかもしれない。お昼を食べる時間もないから、お弁当を持っていかなかったのかな……。

「お父さん、ほんとにここにいるの？」

そう妹に言われて、はっとなる。そういう意味で言ったんじゃないだろうけど、もうここに勤めていない、なんてことはないだろうか。

ずっとやっていたイタリアンのお店を休業してから、お父さんが勤めた会社はここで二つ目だ。いつかはお店を再開するだろうけど、いつになるかわからない。それまで他の仕事をしなくちゃいけない、とお父さんは言っていた。

突然会社が変わるってことだって、あるかもしれない。もうここにはいなくて、別のところで働いているのかも。

急に不安になってきた。確かめた方がいいのかも。

「あのう……」

さっきの店員さんに声をかけた。

「はい、なんでしょう？」

にっこりと振り返る。

「山崎ぶたぶたって人が、ここで働いてますよね？」

「山崎さん」

すぐに「あー」とならないような気がした。知ってるの？　知らないの？

「どのようなご用件ですか？」

わかったともわからないとも言わずに、そんなことを訊かれる。

「あの……届け物があるんです」

妹は、お弁当を入れた紙袋をぶら下げて、不安そうにあたしを見上げた。

店員さんは少し考え込んでから、

「ちょっとお待ちくださいね。確認してきます」

と言って、お店の中に入っていってしまった。

結局呼び出してしまって迷惑をかけるのか、それとも「そんな人いません」と言われるのか……あたしたちは、ドキドキして待つしかなかった。

しばらくして、店の中から出てきた別の女の人に声をかけられた。

「ぶたぶたさんの娘さんたちでしょ？」

「え？」

突然だったので、びっくりしてしまう。

「憶えてない？　お店によく行ってたの、わたし」

「あー！」

思い出した。会ったのは一度だけだったが、お店に飾ってある写真に写っていた人だ。

「このスーパーの社長よ、わたし。ぶたぶたさんに来てもらえるよう頼んだのもわたし」

ということは、今のお父さんの雇い主の人——あたしはちょっとほっとする。ここにいないわけじゃないんだ。

安心したら気がついた。辞めてたら、ここに来るって今朝言った時に、お母さんが止めてたはずだもん。

「ぶたぶたさんに届け物があるんですって？」

「はい。お弁当を持ってきたんです」

妹が「はい」と差し出す。ついでのように「こんにちは」と挨拶をする。

「こんにちは。大きくなったねえ。お父さんにお弁当、作ってあげてるんでしょう？偉いねえ。日曜日なのに届けてくれて、二人ともすごく偉いよ」

ほめられたけど、なんと答えたらいいのかわからない。あたしはつきそいだしな。

「あの、お父さんは今どこに……？」

「ちょっと出かけたの。あ、もしかして連絡取れなくて焦った？」

「はい」

今もまだメッセージ読まれてないし。

「ぶたぶたさん、スマホを事務所に忘れてってね」

「！　そうだったんですか！」

「なんか、昼休みになったらすごく急いで出かけていったの。どこに行くのって訊いたら――」

社長さんが言ったのは、お父さんのお店の名前だった。

「なんだか、とてもウキウキしてたよ」

それを聞いて、お父さんのうれしそうな顔が浮かんだ。そういう顔、最近多いような気がする。気のせいかな？　気のせいじゃないのかな。どっちだろう。

「お弁当、あずかっておくね」

「あ、はい。渡して」

妹が紙袋を社長さんに渡す。

「よろしくお願いします」

「ぶたぶたさんに伝えておきます」

「ありがとうございます」

社長さんは店内に戻っていった。

「そろそろ帰ろう」

妹に声をかけると、

「うん」

素直に歩き出した。

「お店、帰りに寄るの？」

そんなことを妹はポツリと言う。

行けばお父さんに会えるかもしれないけど、なんだか邪魔しちゃいけない気がした。

うまく説明できないけど、お父さんが一人でやりたいことを、無理に手伝わなくてもいいんだと思えた。

お手伝いは、他の形でもできる。お店がまた開いたら、その時にも。

だから、

「ううん」

とあたしは答えた。

「わかった」

妹は、納得したのかしなかったのかわからないけど、そんな返事をした。

バスに揺られながら、はっと思い出す。

あの店員さんにお礼を言うのを忘れていた！

あとでお父さんに伝えなくちゃ。あの人もお店に来てくれるといいな。きっと来てくれるよね。

あとがき

お読みいただき、ありがとうございます。矢崎存美です。

予定どおりの刊行！　私、偉《えら》い！　(パチパチパチ)

なんという低い志《こころざし》でしょうか……。しかし、この程度のことでも自分をほめてあげないと、やっていけない一年でした。

今回、『ランチタイムのぶたぶた』というタイトルに決めて書き始めた時は、このような内容にする予定はありませんでした。頭の中にあったのはドラマ『孤独《こどく》のグルメ』のぶたぶた版。ぶたぶたが一人で黙って昼飯を食べるのを誰かが見ている話にしようと思っていました。

『孤独のグルメ』って、見ていてほんとにストレスなくて、私も疲れている時によく見

ます。それを目指していたのですが、途中で、

「ぶたぶたが自分で料理しないのはなぜ？」

と思い始めました。

そう考えているうちに、できあがったのが今回の『ランチタイムのぶたぶた』です。

まずは新型コロナウイルスに罹患《りかん》された方々、亡くなった方々、そのご家族の方々にお見舞いを申し上げます。

前作『名探偵ぶたぶた』、前々作『出張料理人ぶたぶた』にも多少出てきましたけれど、今回はすべて今現在のコロナ禍《か》の世界を舞台にした物語です。ぶたぶたは今までたくさん、飲食店を経営してきました（すごいやり手の実業家みたいな言い方ですけど）。現実であったら、彼のお店もこの世界的な災害に否応《いやおう》なく巻き込まれていたに違いないわけです。

とはいえ、書き終わってからふと思いました。

「実際に苦労されている飲食店やその関連業種の方々は、こんなものは読みたくないかもしれない」

飲食関連だけでなく、現実が厳しいのなら、物語の中だけでもそれを忘れたい、と思

うかもしれません。ぶたぶたはむしろそういう読み口を意識的に提供してきました。それをこんな現実を突きつけるようなものにするなんて——と感じる方もいるのでは、と考えてしまいました。

頭にあったのは、昔書いた『ぶたぶたさん』です。これは、東日本大震災《ひがしにほんだいしんさい》直後に出たものですが、直後に書いた短編にその要素があっただけです。もう十年前のこと。しかし十年前であろうが、昨日のことであろうが、被災《ひさい》した方々にとって、それはまぎれもなく現実のことです。物書きとしてその時のことをほとんど書かなかったのは、やはり自分自身が現実のこととしてしっかり受け止めてなかったのだろう、と思われます。

今回、書いていてそういう方向になっていったということは、私自身の生活がほとんど変わっていなくても、このコロナ禍が自分の現実であるとやっと認識したということかもしれません。現実にぶたぶたがいるとするならば、彼のためにもこの災害を忘れないよう書かねばならなかったと——今では思っています。

少し情《なさ》けない理由で書いた物語ではあるのですが……決してつらいだけではないので、最後まで読んでいただけるとうれしいです。ワクチンの接種《せっしゅ》も始まって、終わりというか、落ち着く兆《きざ》しも出てきています（日本では、ですが）。この本が出る頃、あるいは来年の今頃は、もっともっと変わっているはず。

って、あとがきを先に読むのを前提にして書いてますね……。最後まで読んでいただいた方にはお礼を申し上げます。少しでも気持ちが軽くなっているとよいのですが。


今回の手塚《てづか》リサさんのカバーイラストは、お弁当です。カラフルで、とってもおいしそう。ありがとうございます。

ランチといえば、やはりお弁当ですよね。そういえば私、学校の遠足や運動会以外に人にお弁当作ってもらったことってほとんどないなあ。高校生の時は、自分で作って持っていってました。お母さんに作ってもらったお弁当をふたで隠して食べている同級生がいたけど、別に盛りつけがおかしいわけでもなく、おいしそうなお弁当だったのに……謎だったなあ、と突然思い出しました。


いつもながら、いろいろお世話になった方々、ありがとうございました。

今回はギリギリなんとかなりましたが、次はもっと早く書き上げられるようになりたい。って、毎回この締《し》めな気がする。懲《こ》りないですなあ。

光文社文庫

文庫書下ろし

ランチタイムのぶたぶた

著 者 矢《や》崎《ざき》存《あり》美《み》

2021年6月20日 初版1刷発行

発行者 鈴 木 広 和
印 刷 萩 原 印 刷
製 本 ナショナル製本

発行所 株式会社 光 文 社
〒112-8011 東京都文京区音羽1-16-6
電話 (03)5395-8149 編 集 部
8116 書籍販売部
8125 業 務 部

落丁本・乱丁本は業務部にご連絡くだされば、お取替えいたします。
ISBN978-4-334-79202-2 Printed in Japan

組版 萩原印刷